分析化学实验

主　编　池玉梅

副主编　姚卫峰　张建会

编　委　陈　洁　杜松云　黄朝表　石明娟

　　　　韦国兵　徐　林　张孟雄

华中科技大学出版社

中国·武汉

内 容 提 要

本书介绍了化学分析实验和仪器分析实验的基本知识、基本操作及基本用途。全书分六个部分:分析化学实验基础知识、分析化学实验的基本操作、化学分析实验、仪器分析实验、综合性实验、附录(仪器的操作规程)。其中包括25个化学分析实验、26个仪器分析实验、12个综合性实验,可供不同专业方向的分析化学实验课程选做。

本书规范基本操作,强调基本训练,注重能力培养,旨在进一步加深学生对分析化学课程理论知识的理解和应用,培养学生分析问题、解决问题的能力。

本书是全国应用型本科院校化学课程统编教材,可作为不同专业方向的分析化学实验教材,也可作为相关专业技术人员的参考书。

图书在版编目(CIP)数据

分析化学实验/池玉梅 主编.—武汉:华中科技大学出版社,2010.8
ISBN 978-7-5609-6407-2

Ⅰ.分… Ⅱ.池… Ⅲ.分析化学-化学实验-高等学校-教材 Ⅳ.O652.1

中国版本图书馆 CIP 数据核字(2010)第 136362 号

分析化学实验 池玉梅 主编

策划编辑:王新华
责任编辑:张鑫锐
封面设计:潘 群
责任校对:朱 玢
责任监印:周治超
出版发行:华中科技大学出版社(中国·武汉)
    武昌喻家山 邮编:430074 电话:(027)87557437
录 排:华中科技大学惠友文印中心
印 刷:武汉首壹印刷有限公司
开 本:787mm×1092mm 1/16
印 张:9
字 数:228千字
版 次:2010 年 8 月第 1 版第 1 次印刷
定 价:16.80 元

全国应用型本科院校化学课程统编教材
编 委 会

（排名不分先后）

前　言

　　分析化学是高等学校化工、医药、石油、环境等专业学生的一门极其重要的专业基础课。分析化学实验是分析化学课程的重要组成部分。它通过实验的方法，使学生加深理解和巩固在分析化学课堂中所学的理论知识，并使学生正确熟练地掌握化学分析和仪器分析的基本操作和技能。通过实验，学生可学会正确合理地选择实验条件和实验仪器，善于观察实验现象和进行实验记录，正确处理数据和表达实验结果；培养良好的实验习惯，实事求是的科学态度和严谨细致的工作作风，以及独立思考，分析问题、解决问题的能力；逐步掌握科学研究的技能和方法，为后续课程的学习和将来工作奠定良好的实践基础。

　　本书的编写成员来自国内多所高校，均是工作在分析化学教学和科研一线的教师，具有较高的学术水平和丰富的教学实践经验。

　　参加编写的有南京中医药大学池玉梅、姚卫峰，吉林大学珠海学院张建会，北京中医药大学东方学院陈洁，武汉理工大学华夏学院杜松云，浙江师范大学黄朝表，中国计量学院石明娟，江西中医学院韦国兵，聊城大学东昌学院徐林，长江大学工程技术学院张孟雄。

　　在本书的编写过程中，编者参阅了大量相关书籍和资料，在此向有关作者表示深深的谢意。华中科技大学出版社的编辑们为本书的出版做了大量细致的工作，在此对他们致以衷心的感谢。

　　由于编者水平有限，书中难免存在不妥之处，敬请指正。

编　者

2010 年 4 月

目 录

第1章 分析化学实验基础知识

1.1 分析化学实验课的任务和要求

1.1.1 分析化学实验课的任务

分析化学实验教学是分析化学教学过程中十分重要的教学环节,是分析化学理论课程的实践课,旨在培养学生正确地掌握化学分析法和仪器分析法的基本操作及近代各种分析仪器的基本用途,加深对分析化学基础理论、基本概念的理解,确立严格的"量"的概念,培养观察、分析和解决问题的能力,养成严格、认真和实事求是的科学态度,激发学习、实验兴趣和探索精神,为后续专业课程的学习和将来从事各专业工作打下良好的基础。

1.1.2 分析化学实验课的要求

(1)实验前认真预习,领会实验原理,了解实验步骤和注意事项,做到心中有数;写好实验报告的部分内容,列好表格、查好有关数据,以便实验时及时准确地记录和处理数据。

(2)实验中严格按照要求,规范操作;做到手脑并用,善于思考,仔细观察实验现象并及时记录;自觉遵守实验室规则,保持实验室整洁、安静,实验台桌面整洁,仪器安置有序,注意节约、安全。

(3)实验完毕及时洗涤、清理实验仪器,做好实验室卫生;及时完成实验报告,并运用所学的理论知识解释实验现象,分析实验中的问题。

1.2 分析化学实验的一般知识

1.2.1 实验室注意事项

(1)严格遵守实验室各项规章制度。

(2)保持实验室的整洁与安静,注意实验台、桌面和仪器的整洁。

(3)保持水槽清洁,不将固体物品倒入槽中,实验中的腐蚀性、有毒性废液应倒入相应指定的废液缸内。

(4)爱护仪器,严格遵照仪器操作规程使用;节约试剂、水、电。

(5)注意实验安全,严格按照操作规程进行实验。配制挥发性、刺激性溶液应在通风橱中进行;配制强酸溶液时,应将浓酸缓慢加入水中,不可将水倒向浓酸中。

(6)使用汞盐、氰化物、As_2O_3、钡盐、重铬酸盐等有毒试剂时应特别小心。严禁在酸性介质中加入氰化物,以免产生氰化氢而导致中毒。

(7)使用乙醚、苯、三氯甲烷等有毒或易燃有机溶剂时,要远离火源或热源,残液倒入溶剂回收瓶中。

（8）试剂切忌入口，实验器皿禁作食具，离开实验室时要仔细洗手，如曾使用过毒物，还应漱口。

1.2.2 分析实验用纯水

纯水是分析化学实验中最常用的纯净溶剂和洗涤剂。纯水并不是绝对不含杂质，只是杂质的含量极其微小。制备纯水的方法不同，水中含杂质情况也不相同。分析化学实验室用的纯水一般有蒸馏水、二次蒸馏水、去离子水、无二氧化碳蒸馏水、无氨蒸馏水等。我国实验室用水的国家标准（GB 6682—1992）规定了实验室用水的级别、技术指标、制备方法及检验方法。

1. 水的规格

根据中华人民共和国国家标准（GB 6682—1992）《分析化学实验室用水规格及试验方法》的规定，分析化学实验室用水分为三个级别，见表 1-1。

表 1-1 分析化学实验室用水的级别及主要技术指标（GB 6682—1992）

项　　目	一　级	二　级	三　级
pH 值范围（25 ℃）	—	—	5.0～7.5
电导率（25 ℃）/(mS/m)	≤0.01	≤0.10	≤0.50
可氧化物质（以 O 计）/(mg/L)	—	0.08	<0.4
蒸发残渣（105±2 ℃）/(mg/L)	—	≤1.0	≤2.0
可溶性硅（以 SiO_2 计）/(mg/L)	<0.01	<0.02	

2. 水的选用

应根据实验对水质量的要求，合理选用适当级别的水，并注意节约用水。

通常一级水用于有严格要求的分析化学实验；仪器分析实验一般使用二级水，如原子吸收光谱分析用水、高效液相色谱分析用水等；三级水用于一般的化学分析实验。

为保持实验室使用的蒸馏水纯净，蒸馏水瓶要随时加塞，专用虹吸管内外均应保持干净。蒸馏水瓶附近不要存放浓 HCl、$NH_3 \cdot H_2O$ 等易挥发试剂，以防污染。

普通蒸馏水保存在玻璃容器中；去离子水保存在聚乙烯塑料容器中；用于痕量分析的高纯水，如二次亚沸石英蒸馏水，则需要保存在石英或聚乙烯塑料容器中。

3. 纯水制备方法

（1）蒸馏法　蒸馏法能除去水中的非挥发性杂质，但不能除去易溶于水的气体。

将自来水在蒸发装置上加热汽化，然后将蒸汽冷凝即得到蒸馏水，可达到三级水的标准，但还有少量金属离子、二氧化碳等杂质。

为了获得比较纯净的蒸馏水，可进行重蒸馏，并在准备重蒸馏的蒸馏水中加入适当的试剂以抑制某些杂质的挥发（如加入甘露醇能抑制硼的挥发，加入碱性高锰酸钾可破坏有机物并防止二氧化碳蒸出），二次蒸馏水一般可达到二级标准。第二次蒸馏通常采用石英亚沸蒸馏器，其特点是在液面上方加热，使液面始终处于亚沸状态，这样可使水蒸气带出的杂质减至最低，因此通常称之为二次石英亚沸蒸馏水，简称亚沸水或二次水。

（2）离子交换法　将自来水或普通蒸馏水依次通过阳离子交换树脂柱、阴离子交换树脂柱和阴阳离子混合交换树脂柱，分离除去水中的杂质离子，所得水称为去离子水。

这样得到的水纯度比蒸馏水纯度高，质量可达到二级或一级水标准，但对非电解质及胶体物质无效，同时会有微量的有机物从树脂溶出，因此，根据需要可将去离子水进行重蒸馏以得到高纯水。

（3）电渗析法　该法是在离子交换技术基础上发展起来的方法，是在直流电场的作用下，应用阴、阳离子交换膜对溶液中离子的选择性透过而去除离子型杂质的方法。此法不能除去非离子型杂质，适合于要求不高的分析工作。

1.2.3　试剂的基础知识

1. 试剂的规格与选用

1）化学试剂的规格

化学试剂的规格以其所含杂质多少划分，一般可分为 4 个等级，见表 1-2。

表 1-2　化学试剂的规格

等 级	名 称	英 文 名 称	符 号	标签标志
一等品	优级纯（保证试剂）	guaranteed reagent	GR	绿色
二等品	分析纯（分析试剂）	analytical reagent	AR	红色
三等品	化学纯	chemical reagent	CP 或 P	蓝色
四等品	实验试剂	laboratorial reagent	LP	棕色等
	生物试剂	biological reagent	BR 或 CR	黄色等

2）选用试剂的一般原则

试剂应根据工作的具体要求合理选用，注意节约原则。既不要盲目追求高纯度，超规格造成浪费，又不随意降低规格而影响分析结果的准确性。

在一般分析工作中，通常使用 AR 级试剂。此外，有基准试剂、色谱纯试剂、光谱纯试剂等。基准试剂的纯度相当于或高于优级纯试剂，在滴定分析中用于直接法配制标准溶液或用于标定标准溶液；色谱纯试剂在最高灵敏度下无杂质峰表示；光谱纯试剂专门用于光谱分析，以光谱分析时出现的干扰谱线的数目及强度来衡量，即其杂质含量用光谱分析法时已测不出或其杂质含量低于某一限度。选用试剂的一般原则如下。

（1）滴定分析中配制滴定溶液，一般选用分析纯试剂配制，再用基准试剂进行标定。某些情况下（例如对分析结果精度要求不是很高的实验），也可以用优级纯或分析纯试剂代替基准试剂。滴定分析中所用其他试剂一般为分析纯试剂。

（2）仪器分析实验一般使用优级纯试剂或专用试剂，测定微量或超微量成分时应选用高纯试剂。色谱分析中配制流动相一般用色谱纯试剂。

（3）指示剂的纯度往往不太明确，除少数标明如"分析纯"、"试剂四级"外，经常只写明"化学试剂"、"企业标准"或"部颁暂行标准"等。若等级不明，一般只可作化学纯试剂使用。

另外，在分析工作中，选择试剂纯度除了要与所用方法相当外，其他如实验用水、操作器皿等也要与之相适应。若试剂都选用一级的，则不宜使用普通的蒸馏水，而应使用经两次蒸馏制得的重蒸馏水，所用器皿的质量要求也比较高。

2. 化学试剂的使用和保管

1）试剂的使用

（1）取用试剂时应注意保持清洁，瓶塞不许随意放置，取用后应立即盖好密封，切不可"张冠李戴"，多余的试剂不应倒回试剂瓶内，以防试剂被玷污或变质。

（2）固体试剂用洁净干燥的小勺取用。取强碱性试剂后的小勺应立即洗净，以免被腐蚀。

（3）用吸管吸取试剂溶液时，绝对不能将未经洗净的吸管插入试剂瓶中取用。

（4）所有盛装试剂的瓶上都应贴有明显的标签，写明试剂的名称、规格，绝对不能在试剂瓶中装入不是标签所写的试剂，因为这样往往会造成差错，没有标签标明名称和规格的试剂，在未查明前不能随便使用，书写标签最好用碳素墨水，以免日久褪色，并将标签贴在试剂瓶的2/3高度处。

（5）在分析工作中，试剂的浓度及用量应按要求适当使用，过浓或过多，不仅造成浪费，而且可能产生副反应，得不到正确的结果。

2）试剂的保管

试剂的保管在实验室中是一项十分重要的工作，试剂因保管不善而变质失效，不仅是一种浪费，而且会使分析工作失败，甚至引起事故。一般的化学试剂应保存在通风良好、洁净、干燥的房间里，防止被水分、灰尘和其他物质玷污。同时，根据试剂性质的不同应有不同的保管方法。

（1）容易侵蚀玻璃而影响试剂纯度的试剂，如氢氟酸、含氟盐（氟化钾、氟化钠、氟化铵）、苛性碱（氢氧化钾、氢氧化钠）等，应保存在塑料瓶或涂有石蜡的玻璃瓶中。

（2）见光会逐渐分解的试剂（如过氧化氢（双氧水）、硝酸银、高锰酸钾、草酸、铋酸钠等）、与空气接触易被逐渐氧化的试剂（如氯化亚锡、硫酸亚铁、亚硫酸钠等），以及易挥发的试剂（如溴、氨水及乙醇等），均应放在棕色瓶中并置于冷暗处。

（3）吸水性强的试剂，如无水碳酸钠、苛性碱、过氧化钠等应严格密封（蜡封）。

（4）相互易作用的试剂，如挥发性的酸与氨、氧化剂与还原剂，应分开存放；易燃的试剂（如乙醇、乙醚、苯、丙酮）与易爆炸的试剂（如高氯酸、过氧化氢、硝基化合物），应分开贮存在阴凉通风、不受阳光直射的地方。

（5）剧毒试剂，如氰化钾、氰化钠、三氧化二砷、二氯化汞等，应特别注意，须由专人妥善保管，严格做好记录，取用时须办理一定手续，以免发生事故。

（6）极易挥发并有毒的试剂，可放在通风橱内，当室温较高时，可在冷藏室内保存。

1.3　实验数据的记录和实验报告

1.3.1　测定数据的取舍

在多次重复测试时，常会发现某一数据与平均值的偏差大于其他所有数据，这在统计学上称为离群值或异常值。这个离群值可能由过失误差引起，也可能由偶然误差引起，但不能任意取舍，须借用统计学方法进行科学的判断。如是过失误差引起的，应舍弃，否则应保留。Q检验法是分析实验中确定离群值最为常用的一种方法，其优点是直观性强和计算简便。

设有 n 个数据，其递增的顺序为 $x_1, x_2, \cdots, x_n$，其中 x_1 或 x_n 可能为离群值。当测量数据不多（$n = 3 \sim 10$）时，定义

$$Q = \frac{|x_{离群} - x_{相邻}|}{x_{\max} - x_{\min}}$$

具体检验步骤：①将各数据按递增顺序排列；②计算最大值与最小值之差；③计算离群值与相邻值之差；④计算 Q 值；⑤根据测定次数和要求的置信度，查表1-3得到 $Q_表$ 值。若计算的 Q 值大于 $Q_表$ 值，则该离群值是由过失误差造成的，应予舍弃；否则，应保留。

表 1-3　不同置信度下的 $Q_{表}$ 值

测定次数 n	3	4	5	6	7	8	9	10
$Q(90\%)$	0.94	0.76	0.64	0.56	0.51	0.47	0.44	0.41
$Q(95\%)$	0.97	0.84	0.73	0.64	0.59	0.54	0.51	0.49
$Q(99\%)$	0.99	0.93	0.82	0.74	0.68	0.63	0.60	0.57

1.3.2　有效数字及其运算规则

在科学实验中,要得到准确的测量结果,不仅要准确地测定各种数据,而且要正确地记录和计算。分析结果的数值不仅表示试样中被测成分含量的多少,而且反映了测定的准确程度。怎样记录和处理实验数据,这就需要有效数字的概念。

1. 有效数字

有效数字是指在分析工作中实际上能测量到的数字。其位数由全部准确数字和最后一位可疑数字组成,作用是既能表示数值的大小,又能反映测量的精度。例如:称量记录 18.573 4 g,显然使用的是万分之一(即精确度为 0.1 mg)分析天平,物品质量为 18.573 4±0.000 2 g,有 6 位有效数字;滴定液体积记录 24.41 mL,表明滴定管的一次读数误差是±0.01 mL,消耗标准溶液体积为 24.41±0.02 mL,为 4 位有效数字。

同时,有效数字的位数直接与测定的相对误差有关。例如,称得某物质量为 0.518 0 g,它表示该物实际质量是 0.518 0±0.000 2 g,其相对误差为

$$\pm \frac{0.000\ 2}{0.518\ 0} \times 100\% = \pm 0.04\%$$

如果称得该物记录为 0.518 g,则表示该物实际质量是 0.518±0.002 g,其相对误差为

$$\pm \frac{0.002}{0.518} \times 100\% = \pm 0.4\%$$

由此表明,在测量准确度范围内,有效数字位数越多,测量也越准确。但超过测量准确度范围,过多的位数是毫无意义的。

2. 运算规则

1) 数字修约规则

按运算法则确定有效数字的位数后,舍入多余的尾数,称为数字修约。其基本原则如下。

(1) 四舍六入五成双　测量值中被修约的那个数小于或等于 4 时,舍弃。大于或等于 6 时,进位。等于 5 时,分三种情况讨论:若"5"的后面尾数全部是"0",当"5"的前面是奇数时,进位,如 12.215 00→12.22;若"5"的后面尾数全部是"0",当"5"的前面是偶数时,舍弃,如 12.225 00→12.22;若"5"的后面尾数不全是"0",无论"5"的前面是奇数还是偶数,均进位,如 12.215 10→12.22,12.225 01→12.23。

(2) 一次修约　只允许对原测量值一次修约至所需位数,不能分次修约。如 2.234 9 修约为 3 位数时,不能先修约成 2.235,再修约为 2.24,只能一次修约成 2.23。

(3) 多一位修约　当数值首位大于或等于 8 时,有效数字可多算一位;在大量数据运算时,为防止误差迅速累积,对参加运算的所有数据可先多保留一位有效数字,待运算后,再将结果修约成与最大误差数据相当的位数。

(4) 标准偏差修约　修约标准偏差和 RSD 时,在大多数情况下,取 1 位有效数字即可,最多取 2 位。

2）运算法则

根据加减法传递绝对误差、乘除法传递相对误差的规则，在数据处理时运算法则如下。

（1）加减法　当几个数据相加或相减时，其和或差的有效数字的保留，以小数点后位数最少（即绝对误差最大的）的数据为依据。例如 0.012 1、25.64 及 1.057 82 三数相加，因 25.64 中的 4 已是可疑数字，则三者之和为 0.012＋25.64＋1.058＝26.71。

（2）乘除法　几个数据相乘除时，积或商的有效数字的保留，以其中相对误差最大的那个数，即有效数字位数最少的那个数为依据。如求 0.012 1、25.64 和 1.057 82 三数相乘之积，第一个数是 3 位有效数字，其相对误差最大，应以此数据为依据，确定其他数据的位数，然后相乘，则 0.012 1×25.64×1.058＝0.328。

（3）在对数运算中，所取对数位数应与真数有效数字位数相等。

（4）在所有计算式中，常数 π、e 的数值以及乘除因子 3、1/2 等的有效数字位数，可认为无限制，即在计算过程中，根据需要确定位数。

1.3.3　实验数据的采集、处理

实验过程中的各种测量数据及有关现象，应及时、准确而清楚地记录下来，记录实验数据时，要有严谨的科学态度，要实事求是，切忌夹杂主观因素，不能随意拼凑和伪造数据。实验中的每一个数据都是测量结果，所以重复测量时，即使数据完全相同，也应记录下来。在实验过程中，如果发现数据算错、测错或读错而需要改动，可将数据用一横线划去，并在其上方写上正确的数字。

记录实验数据和计算结果应保留几位数字是一件很重要的事，不能随便增加或减少位数。表示分析结果应反映客观事实，需与所用的分析方法和测量仪器的准确程度一致。

用分析天平称量时，要求记录至 0.000 1 g；滴定管及移液管的读数，应记录至 0.01 mL；用分光光度计测量溶液吸光度时，现代仪器可记录至 0.001 的读数。

分析化学中还经常遇到 pH、lg$K$ 等对数值，其有效数字的位数取决于小数部分数字的位数，因整数部分只说明该数的方次。例如，pH＝12.68，即 $[H^+]＝2.1\times10^{-13}$ mol/L，其有效数字为 2 位，而不是 4 位。

实验过程中涉及的各种特殊仪器的型号和标准溶液浓度等，也应及时准确记录下来。

学生要有专门的实验报告本，标上页数，不得撕去任何一页。实验数据应按要求记在实验记录本或实验报告本上。绝不允许将数据记在单页纸上、小纸片上，或随意记在其他地方。

1.3.4　实验报告的基本格式

实验完毕，要及时而认真地写出实验报告，并在离开实验室前或指定时间内交给老师。实验报告一般包括以下内容。

（1）实验名称和日期。

（2）目的要求。

（3）基本原理　简要地用文字和化学反应式说明，如标定和滴定反应的方程式或基准物和指示剂的选择，试剂浓度和分析结果的计算公式等。

（4）操作步骤　简明扼要写出。

（5）数据记录。

（6）实验数据处理　应用文字、表格、图形，将数据表示出来，根据实验要求计算出分析结

果、实验误差大小等。

（7）问题讨论　对实验教材上的思考题和实验中观察到的现象，以及产生误差的原因进行讨论和分析，以提高自己分析问题和解决问题的能力。

实验报告的各项内容的繁简取舍，应根据各个实验的具体情况而定，以清楚、简练、整齐为原则。实验报告中的有些内容，如原理、表格、计算公式等，要求在实验预习时准备好，其他内容则可在实验过程中以及实验完成后填写、计算和撰写。

第2章 分析化学实验的基本操作

2.1 分析天平及其基本操作

分析天平是进行定量分析的最重要的精密仪器之一,正确使用分析天平是分析工作的前提。分析天平种类较多,在此介绍目前实验室常用的电光分析天平和电子分析天平。

2.1.1 电光分析天平

1. 原理及构件

电光分析天平根据杠杆原理设计制造。实验室中常见的半自动电光分析天平的构造如图2-1所示。

图 2-1 半自动电光分析天平

1—空气阻尼器;2—挂钩;3—吊耳;4、6—平衡砣;5—横梁;7—环码钩;8—环码;9—指数盘;10—指针;
11—投影屏;12—秤盘;13—盘托;14—光源;15—旋钮;16—垫脚;17—变压器;18—螺旋脚;19—拨杆

(1) 天平箱　天平箱起保护天平的作用,另外在称量时,减小外界温度、空气流动、人的呼吸等的影响。称量时应随时关门。箱下装有三只脚,前面两只脚是螺旋脚,用于调整天平水平位置,三只脚都放在垫脚中。

（2）支柱和水平泡　　支柱是金属做的中空圆柱,下端固定在天平底座中央,支撑着天平梁。在支柱上装有一水平泡,借螺旋脚调节天平放置水平。

（3）天平横梁　　天平横梁是天平的主要部件,多用质轻坚固、膨胀系数小的铝铜合金制成,起平衡和承载物体的作用。梁上装有三棱形的玛瑙刀,其中一个装在正中的称为中刀或支点刀,刀口向下,另外两个与中刀等距离地分别安装在梁的两端,称为边刀或承重刀,刀口向上。三个刀口必须完全平行且位于同一水平面上。

（4）吊耳和天平秤盘　　吊耳挂在两个边刀上,下面挂有秤盘,TG-328A 型全自动天平,左盘加砝码,右盘放被称物。TG-328B 型半自动天平,左盘放被称物,右盘放砝码。

（5）空气阻尼器　　空气阻尼器由两个特制的金属圆筒构成,外筒固定在支柱上,内筒比外筒略小,悬于挂钩下,两筒间隙均匀,没有摩擦。当梁摆动时,左右阻尼器的内筒也随着上下移动,使筒内外空气的压力不一致,产生抵制膨胀和压缩的力,即产生抑制梁摆动的力。这样,筒内空气阻力使之很快停摆达到平衡,以加快称量速度。

（6）盘托和升降枢　　为了使天平盘在不载重时稳定,或在称量时防止梁倾斜过度,在盘下装有盘托;为了使天平梁支撑起来进行称量,应用旋钮控制升降枢,将梁托起进行称量。

（7）平衡砣和拨杆　　在梁的上部两端各装有一个平衡螺丝,用来调节天平的零点。在旋钮旁有一拨杆,可用于微调天平零点。

（8）砝码和环码　　半自动电光天平 1 g 以下、10 mg 以上的环码由指数盘操纵,如 TG-328B 型:砝码采用 1、2、2*、5 组合系统,每盒放有 1、2、2*、5、10、20、20*、50、100(g)共 9 个砝码,环码采用 1、1*、2、5 方式组合,从前向后依次悬挂的环码是 10、10*、20、50、100、100*、200、500(mg),通过指数盘带动操纵杆加减环码。全自动电光天平砝码及环码全部由指数盘操纵,如 TG-328A 型的全部砝码悬挂在机械加码器上。

（9）指针和感量螺丝　　指针固定在梁的正中,下端的后面有一块刻有分度的标牌,借以观察天平梁倾斜程度。指针上装有感量螺丝,用来调节梁的重心,以改变天平的灵敏度。可根据指针判断轻重:指针向左偏,左盘轻;指针向右偏,右盘轻。

（10）光学读数装置　　在指针下端装有一个透明的微分标尺,后面用灯光照射,标尺经透镜放大 10~20 倍,再由反射镜反射到投影屏上,直接读出 10 mg 以下的质量。可根据投影屏上标尺移动方向判断轻重:标尺光屏向左移动,左盘重;向右移动,右盘重。

2. 基本操作

（1）称量　　将物品放在秤盘上,估计物品大致质量,加砝码及环码,缓慢打开天平旋钮,根据指针或标尺移动方向判断两边秤盘轻重;关闭天平旋钮,加减环(砝)码(由大到小,折半加减),直至打开天平旋钮时指针停留在标尺范围内。

（2）读数　　将砝码、环码、标尺读数累加,并记录(如:21.234 4 g),即为物品质量。

2.1.2　电子分析天平

1. 原理、构件及功能

电子分析天平(图 2-2)根据电磁力平衡原理设计制造,是最新一代的天平。

电子分析天平用弹簧片取代电光分析天平的玛瑙刀口作支承点,用差动变压器取代升降枢装置,用数字显示替代刻度指针指示,具有使用寿命长、性能稳定、操作简便和灵敏度高的特点。电子分析天平具有自动校正、自动去皮、超载指示和故障报警等功能以及质量电信号输出功能,可与打印机、计算机联用。

分析化学实验室常用电子分析天平的规格为万分之一和十万分之一。

图 2-2　电子分析天平

秤盘
质量显示屏
"ON/OFF" 键
去皮按键

2. 基本操作

(1) 调水平,接通电源,预热。

(2) 按下"ON"键,待自检通过,将物品放于秤盘上,天平达到平衡时记录显示屏读数。

(3) 称量结束,按下"OFF"键(若非长期不用,电源无须断开)。

2.1.3　称量方法

1. 指定量称量法

指定量称量法(图 2-3)是指称取一定质量的试样的方法,在标准溶液直接配制和分析实验中常用。称量时根据需要及试样性质,可将试样置于称量纸或干燥的小烧杯、表面皿等器皿内称量,先对器皿称量(如是电子天平,可启用去皮功能),再用小牛角勺逐渐加入试样,直至达到要求的质量。该法适用于称取在空气中不易吸湿的、性质稳定的粉末状样品。

图 2-3　指定量称量法

图 2-4　减量法

2. 减量法(递减称量法或差量法)

此法(图 2-4)将样品置于称量瓶中,先称出称样前样品+称量瓶的质量(m_1),然后从称量瓶内敲出要求质量的样品,再称出敲出样品后样品+称量瓶的质量(m_2),第一份样品质量即为 $m_1 - m_2$;续敲出要求质量的样品并称出敲出样品后样品+称量瓶的质量(m_3),第二份样品质量即为 $m_2 - m_3$。该法特点是连续称取 n 份样品时,只需称量 $n+1$ 次。此法常用于称量易吸水、易氧化或易与 CO_2 反应的物质。

3. 直接称量法

此法即直接称出样品的质量。通常用于某些在空气中性质稳定的物质,如金属、合金,可将样品放于已知准确质量的干燥清洁的表面皿或称量纸上,称出质量,减去表面皿或称量纸的质量即为样品质量。

2.2　常用玻璃器皿

2.2.1　常用玻璃器皿及其用途

1. 烧杯

烧杯主要用于配制溶液、溶解试样等,可置于石棉网上受热,但不宜烧干。有 25 mL、50 mL、100 mL、250 mL、500 mL、1 000 mL 等规格。

2. 量筒和量杯

量筒、量杯可用于粗略量取液体体积,测量精度不高,不能加热,不能作反应容器。有 10 mL、25 mL、50 mL、100 mL、250 mL、500 mL、1 000 mL 等规格。

3. 称量瓶

称量瓶可分为扁型和高型两种,前者用于测定水分、干燥失重及烘干基准物质,后者用于称量基准物质、样品,磨口盖要原配。

4. 试剂瓶和滴瓶

试剂瓶有广口和细颈之分,广口瓶用于存放固体,细颈瓶用于存放液体;滴瓶用于存放实验时需滴加的试液。试剂瓶与滴瓶均有棕色的,用于存放见光会分解的物质,都不能受热,若存放碱性溶液需换用橡皮塞。

5. 锥形瓶和碘量瓶

锥形瓶是反应器,便于振荡,滴定分析时常用,可置于石棉网上受热,盛装液体一般不超过1/2。

碘量瓶是带磨口塞子的锥形瓶(图 2-5)。由于碘液较易挥发而引起误差,因此在用碘量法测定时,反应一般在具有玻璃塞,且瓶口带边的锥形瓶中进行,碘量瓶的塞子及瓶口的边缘都是磨砂的。在滴定时可打开塞子,用蒸馏水将挥发在瓶口及塞子上的碘冲洗入碘量瓶中。

6. 滴定管

滴定管是一种细长、内径大小均匀而具有刻度的玻璃管,管的下端有玻璃尖嘴(图 2-6)。常量分析有 25 mL、50 mL 两种容积规格,如 25 mL 滴定管就是把滴定管分成 25 等份,每一等份为 1 mL,1 mL 中再分 10 等份,每一小格为 0.1 mL,读数时,在每一小格间可再估计出 0.01 mL。滴定管用于进行滴定分析,测量在滴定中所用溶液的体积。

滴定管分为酸式滴定管(图 2-6(a))和碱式滴定管(图 2-6(b))。酸式滴定管的下端有玻璃活塞,可盛放酸液及氧化剂,不能盛放碱液,因碱液常使活塞与活塞套黏合,难以转动;碱式滴定管的下端连接一橡胶管,内放一玻璃珠,以控制溶液的流出,下面再连接一尖嘴玻璃管,碱式滴定管只能盛放碱液,不能盛放酸或氧化剂等腐蚀橡胶的溶液。

7. 移液管和吸量管

移液管和吸量管用于准确移取一定体积的液体。移液管中间有膨大部分,称为胖肚吸管(图 2-7(a)),常用的有 5 mL、10 mL、25 mL、50 mL 等规格;吸量管具有分刻度,也称为刻度吸管(图 2-7(b)),常用的有 1 mL、2 mL、5 mL、10 mL 等规格等。

图 2-5　碘量瓶　　　　　　　图 2-6　滴定管　　　　　　　图 2-7　移液管

8. 容量瓶

容量瓶是一种细颈梨形的平底瓶,带磨口塞或塑料塞。颈上有标线,表示在所指温度下当溶液到标线时,液体体积恰好与瓶上所注明的体积相等。容量瓶一般用来配制标准溶液或试样溶液。定量分析常用规格有 1 mL、2 mL、5 mL、10 mL、25 mL、50 mL、100 mL 等。

容量瓶不能久贮溶液,尤其是碱性溶液,会侵蚀粘住瓶塞,导致无法打开。因此,配制好溶液后,应将溶液倒入清洁干燥的试剂瓶中储存,容量瓶不能用火直接加热或烘烤。

2.2.2　容量分析器皿的基本操作

1. 滴定管的操作

1) 使用前准备

(1) 酸式滴定管:为防止滴定管漏水,在使用前要将已洗净的滴定管活塞拔出,用滤纸将活塞及活塞套擦干,在活塞粗端和细端分别涂一薄层凡士林(图 2-8),注意不要涂在塞孔处以防堵塞孔眼,把活塞插入活塞套内,来回转动数次,直到在外面观察时呈透明状即可。在活塞末端套一橡皮圈以防使用时将活塞顶出。然后在滴定管内装入蒸馏水,置滴定管架上直立 2 min,观察有无水滴下滴,缝隙中是否有水渗出,将活塞转 180°再观察一次,没有漏水即可使用。将标准溶液充满滴定管后,检查管下部是否有气泡,如有气泡,可转动活塞,使溶液急速下流驱赶出气泡。

图 2-8　活塞涂油与活塞插入　　　　　　图 2-9　碱式滴定管排除气泡

(2) 碱式滴定管:将碱式滴定管洗净,装入蒸馏水,置滴定台架上直立 2 min,观察有无水滴下滴。如有,则更换较大的玻璃珠。将标准溶液充满滴定管后,检查管下部是否有气泡,如有气泡,可将橡皮管向上弯曲,并在稍高于玻璃珠所在处用两个手指挤压,使溶液从尖嘴口喷出,气泡即可排尽(图 2-9)。

　　为了保证装入滴定管的溶液不被稀释,要用该溶液洗涤滴定管 3 次,每次约用 7～8 mL。洗法是注入溶液后,将滴定管横过来,慢慢转动,使溶液流遍全管,然后将溶液自下放出。洗好后,即可装入溶液。装溶液时要直接从试剂瓶倒入滴定管,不要再经过漏斗等中间容器。

　　2) 滴定管的读数

　　读数时,应将滴定管垂直夹在滴定管夹上,并将管下端悬挂的液滴除去。滴定管内的液面呈弯月形,无色溶液的弯月面比较清晰,读数时,眼睛视线与溶液弯月面下缘最低点应在同一水平上,视线的位置不同会得出不同的读数(图 2-10(a))。如为乳白板蓝线衬底的滴定管,则取蓝线上下两尖端相对点的位置读数(图 2-10(b))。为了使读数清晰,也可在滴定管后面衬一张纸片作为背景,形成颜色较深的弯月带,读取弯月带的下缘,可不受光线的影响,易于观察(图 2-10(c))。深色溶液(如 $KMnO_4$ 溶液)的弯月面难以看清,可观察液面的上缘。读数时应估计到 0.01 mL。

(a) 读数时视线的位置　　　　(b) 乳白板蓝线　　　　(c) 读数卡

图 2-10　滴定管的读数

　　由于滴定管刻度不完全均匀,因此在同一实验的每次滴定中,滴定液体积应该控制在滴定管刻度的同一部位,例如第一次滴定是在 0～24 mL 的部位,那么第二次滴定也使用这个部位,这样可以抵消由于刻度不准确而引起的误差。

　　3) 滴定操作

　　用左手控制滴定管的活塞,右手拿锥形瓶。使用酸式滴定管时,左手拇指在前,食指及中指在后,一起控制活塞,在转动活塞时,手指微微弯曲,轻轻向里扣住,手心不要顶住活塞小头一端,以免顶出活塞,使溶液溅漏(图 2-11(a))。使用碱式滴定管时,用手指捏玻璃珠所在部位稍上处的橡皮,使形成一条缝隙,溶液即可流出(图 2-11(b))。

　　滴定时,左手控制溶液流量,右手拿住瓶颈(图 2-11(d)),并向同一方向旋转振荡,使滴下的溶液能较快地被分散进行化学反应。但注意不要使瓶内溶液溅出,在接近终点时,必须用少量蒸馏水吹洗锥形瓶器壁,将溅起的溶液淋下,使之反应完全。同时,滴定速度要放慢,以防滴定过量,每次加入 1 滴或半滴溶液,不断摇动,直至到达终点。

　　2. 移液管和吸量管的操作

　　(1) 润洗　使用时,洗净的移液管用待吸取的溶液洗涤三次,以除去管内残留的水分。

　　方法:倒少许溶液于干燥洁净的小烧杯中,用移液管吸取少量溶液,将管横向转动,使溶液流过管内标线下所有内壁,然后使管直立将溶液由尖嘴口放出(图 2-12(a))。

　　(2) 吸取溶液　一般用左手拿洗耳球,右手把移液管插入溶液中吸取(图 2-12(b))。当溶液吸至标线以上时,马上用右手食指按住管口,取出并用滤纸擦干下端,然后稍松食指,使液面平稳下降,直至液面的弯月面与标线相切,立即按紧食指。

(a) 酸管的操作   (b) 碱管的操作   (c) 烧杯中滴定   (d) 锥形瓶中滴定

图 2-11   滴定操作

(a) 移液管洗涤   (b) 吸取溶液操作   (c) 放出溶液操作

图 2-12   移液管操作

(3) 放液   将移液管垂直置于接受溶液的容器中,管尖与容器壁接触(图 2-12(c)),放松食指,使溶液自由流出,流完后再等 15 s(残留在管尖的液体不能吹出,因在校正移液管时,已扣除这部分体积。但是,如果移液管上标有"吹"字,则最后残留的液滴必须吹出)。

3. 容量瓶的操作

(1) 检漏   使用前,先检查是否漏液。检查方法:装入自来水至近标线,盖好瓶塞,左手按住瓶塞,右手手指顶住瓶底边缘,把瓶倒立 2 min,观察瓶塞周围是否有水渗出,若不漏,将瓶直立,转动瓶塞一定角度,再倒立试漏(图 2-13(a)),如此反复,若均无水渗出即可。

(a) 检查漏水和混匀   (b) 瓶塞拿法   (c) 溶液转移

图 2-13   容量瓶操作

（2）使用　在配制溶液时,先将容量瓶洗净。如由固体配制溶液,先将固体在烧杯中溶解后,再将溶液转移到容量瓶中,转移时,要使玻璃杯的下端靠近瓶颈内壁,使溶液沿壁流下(图 2-13(c)),溶液全部流完后,将烧杯轻轻沿玻璃棒上提,同时直立,使附着在玻璃棒与烧杯嘴之间的溶液流回到烧杯中,然后用蒸馏水洗涤烧杯三次,洗涤液一并转入容量瓶。当加入蒸馏水至容量瓶容量的 2/3 时,摇动容量瓶,使溶液混匀。接近标线时,要慢慢滴加,直至溶液的弯月面与标线相切为止。

2.2.3　容量器皿的洗涤

分析化学所用的器皿都应该是洁净的。洗净的器皿,其内壁应能被水均匀地润湿而无条纹及水珠。

目前常用的洁净剂是肥皂、洗衣粉、去污粉等洗涤剂和有机溶剂。

一般的容量器皿,如烧杯、锥形瓶、量筒、试剂瓶等,其洗涤方法是:将洗衣粉配成 $0.1\%\sim0.5\%$ 的溶液,用毛刷蘸取此溶液,刷洗其内壁,刷洗后用自来水冲洗,再用蒸馏水润洗三遍,即可使用。

滴定管、容量瓶、移液管等具有精确刻度的量器,不能用毛刷刷洗。若内壁不干净,可选择合适的洗涤剂超声清洗。必要时先把洗涤剂加热后加到待洗涤容器中,浸泡一段时间后超声清洗,再用自来水冲洗和蒸馏水润洗。

对不同的污染应采用不同的洗涤方法。例如,被 AgCl 玷污的器皿,用洗液洗涤是无效的,此时可用 $NH_3 \cdot H_2O$ 或 $Na_2S_2O_3$ 溶液洗涤。又如,被 MnO_2 玷污的器皿,应用 HCl-$NaNO_2$ 的酸性溶液洗涤。

使用铬酸洗液(简称洗液)洗涤时,被洗涤器皿尽量保持干燥,倒(或吸)少许洗液于器皿中,转动器皿使其内壁被洗液浸润(必要时可用洗液浸泡),然后将洗液倒回原装瓶内以备再用(若洗液颜色变绿,则应更换)。再用水冲洗器皿,直至干净。洗液主要用于洗涤被无机物玷污的器皿,它对有机物和油污的去污能力也较强。常用来洗涤一些口小、管细等形状特殊的器皿,如吸管、容量瓶等。洗液具有强酸、强氧化性,对衣服、皮肤、桌面、橡皮等有腐蚀作用,使用时要特别小心。

不论用哪种方法洗涤器皿,最后都必须先用自来水冲洗,再用蒸馏水或去离子水荡洗三次。洗涤干净的器皿,放去水后,内壁只应留下均匀的一薄层水,如壁上挂着水珠,说明没有洗干净,必须重洗。

铬酸洗液的配制方法:将 5 g 重铬酸钾用少量水润湿,慢慢加入 80 mL 粗浓硫酸,搅拌以加速溶解。冷却后储存在磨口试剂瓶中,以防吸水而失效。

2.3　常用分析仪器及其使用方法

2.3.1　酸度计及其使用

1. 酸度计主要部件及功能

酸度计(或称 pH 计)是一种电化学测量仪器,可测定溶液的 pH 值和电位。它主要由电极和电位计两部分组成。

电极有指示电极、参比电极及复合电极,水溶液 pH 值的测量一般用玻璃电极作为指示电极,甘汞电极作为参比电极或使用复合电极(常见的由玻璃电极与银-氯化银电极组成)。

电位计是一高输入阻抗的毫伏计,有"选择"、"温度补偿"、"定位"等旋钮。

由于电极系统把溶液的 pH 值变为毫伏值是与被测溶液的温度有关的,因此,电位计附有温度补偿器。在测 pH 值时,温度补偿器所指示的温度应与被测溶液的温度相同。

由于电极系统的零电位都有一定误差,若不进行校正,会影响测量结果的准确性。酸度计上的"定位"调节器可在校正时用来消除电极系统的零电位误差。

电位计上的"选择"开关,用于确定仪器的测量功能。"pH"挡用于 pH 值测量和校正,"mV"挡用于测量电位值。

2. 测量溶液 pH 值的基本操作

实验室常见酸度计有 pHS-25、pHS-2、pHS-3C 等型号,原理相同,结构略有差异,但使用时操作步骤基本一致。以下是 pHS-25 型数显式酸度计测量溶液 pH 值的基本操作步骤。

1) 开机

装上电极(若用复合电极测量,则应将其插在指示电极插座上),仪器选择开关置于"pH"挡,开启电源,预热 30 min。

2) 标定

(1) 电极用蒸馏水清洗,用滤纸擦干后,插入一已知 pH 值的缓冲液中(所选用 pH 值标准缓冲液同待测样品的 pH 值最好能尽量接近,这样能减小测量误差。常用缓冲液的 pH 值与温度关系见表 2-1)。

表 2-1　常用缓冲液的 pH 值与温度关系对照表

温度/℃ ＼ 溶液 pH 值	邻苯二甲酸盐	中性磷酸盐	硼　酸　盐
5	4.01	6.95	9.39
10	4.00	6.92	9.33
15	4.00	6.90	9.27
20	4.01	6.88	9.22
25	4.01	6.86	9.18
30	4.02	6.85	9.14
35	4.03	6.84	9.10
40	4.04	6.84	9.07
45	4.05	6.83	9.04
50	4.06	6.83	9.01
55	4.08	6.84	8.99
60	4.10	6.84	8.96

(2) 调节"温度补偿"旋钮,使所指温度与缓冲液的温度相同。

(3) 调节"斜率"旋钮在 100% 位置(顺时针旋到底)。

(4) 调节"定位"旋钮,使显示屏读数为缓冲液的准确 pH 值。

(5) 取出电极,用蒸馏水清洗,用滤纸擦干,待用。

3) 测量

(1) 把电极插入未知溶液之内,稍稍摇动烧杯,缩短电极响应时间。

(2) 调节"温度补偿"旋钮,使所指温度与测量溶液的温度相同。

（3）记录显示屏读数，即为待测溶液的 pH 值。

4）关机

测量结束，关闭电源，取出电极用蒸馏水清洗。

3．注意事项

玻璃电极浸泡于蒸馏水中存放，复合电极浸泡于 3 mol/L KCl 溶液中，长期不用则应收起，用前应分别在相应溶液中分别浸泡 24 h、8 h 以上。

2.3.2　紫外-可见分光光度计及其使用

紫外-可见分光光度计是在紫外-可见光区可任意选择不同波长的光测定溶液吸光度的仪器。该仪器的型号很多，性能差别悬殊，但其基本原理一致。一般由五个主要部件构成，即光源、单色器、吸收池、检测器和信号显示系统。其基本结构可表示如下：

1．分光光度计主要部件及其功能

目前，紫外-可见分光光度计按光路系统分类，一般可分为单光束、双光束和二极管阵列等。国产的 751 型、752 型等属于单光束光路类仪器，国内普遍应用的 72 系列可见分光光度计也属于单光束光路类仪器，而国产 730 型分光光度计则属于双光束光路类仪器。一般国产仪器的主要部件及功能如下。

（1）样品室门　打开样品室门，可放置样品。部分仪器开门具有使光门自动关闭的作用。

（2）比色皿架　在样品室内，用于放置比色皿。

（3）比色皿拉杆　操纵比色皿架，前后拉动可改变四个比色皿的位置。

（4）显示窗　显示测量值。在不同功能下，分别显示透光率、吸光度或浓度及显示错误。

（5）方式键　按此键可选择输出方式，选择显示"T"或"A"等。

（6）波长调节键　调节波长。当按键减小或增大时，显示窗的数字随之改变。

（7）"100%T"键　调零。按此键，显示器显示为"100.0（%T）"或"0.000（A）"。

（8）"0%T"键　调零。按此键，显示器显示为"0.0（%T）"或"2.500（A）"。

2．分光光度计基本操作

紫外-可见分光光度计的商品类型很多，但使用时的操作步骤基本一致，其基本操作步骤如下。

（1）检查仪器，取出样品室内干燥剂。

（2）打开电源，等仪器自检通过，选择所需光源。

（3）按波长调节键，选择测量所需波长，预热（一般在 20～30 min）。

（4）仪器调零，光门关闭时按"0%T"键，使显示器显示"0.0（%T）"或"2.500（A）"；光门打开，光路畅通时，按"100%T"键，使显示器显示"100.0（%T）"或"0.000（A）"。

（5）将盛有参比溶液的比色皿置于比色皿架上，重复操作（4）。

（6）将盛有待测溶液的比色皿置于比色皿架上，拉动比色皿拉杆，将待测溶液比色皿置于光路，显示窗即可直接读到 T 或 A 值（根据需要可选择输出方式）。

（7）测定结束后，关闭电源，清洗比色皿。

3．使用注意事项

（1）仪器的光学系统是仪器的核心部分，切勿轻易拆卸，要保持内部干燥、绝缘良好。

（2）样品室应保持干燥，防止试样交叉污染。试样不宜长时间放置在样品室。测定挥发性试样时应在比色皿上加盖。

（3）大幅度改变测试波长时，需要等数分钟后，才能正常工作（因波长大幅移动时，光能量急剧变化，而光电管受光后响应缓慢，需一定的移光响应平衡时间）。

（4）每台仪器所配套的比色皿不能与其他仪器上的比色皿单个调换。比色皿使用结束后，用蒸馏水荡洗三次，晾干。

（5）待测溶液应呈澄清状，不得有沉淀、分层或为悬浮液，否则影响测定结果。

（6）仪器工作一个月左右或搬动后，要重新进行波长精确性等方面的检查，以确保仪器使用和测定的精确性。

（7）仪器关闭后，待其冷却至室温，样品室内放干燥剂，罩上机罩，避免长时间不用时光学系统染上灰尘，影响测定结果。做好使用登记。

2.3.3　气相色谱仪及其使用

1. 气相色谱仪的组成及功能

目前国内外气相色谱（GC）仪的型号和种类很多，但均由六大系统组成，即气路系统、温控系统、进样系统、分离系统、检测系统和数据处理系统，流程见图 2-14，各系统功能如下。

图 2-14　气相色谱流程图

1—高压载气瓶；2—压力调节器（a—瓶压，b—输出压）；3—净化器；4—气流调节阀；
5—汽化室；6—检测器；7—柱温箱与色谱柱；8—色谱工作站

（1）气路系统：由气源、净化器、气流控制装置构成，提供载气和（或）辅助气体，并保证载气的纯度（99.9％以上）及稳定流速。气源通常为高压钢瓶或气体发生器。

（2）温控系统：用于分别控制汽化室、柱温箱、检测器的温度。

（3）进样系统：包括样品导入装置（如注射器、六通阀和自动进样器等）和进样口，进样口主要由汽化室构成。汽化室是将液体样品瞬间汽化为蒸气的装置。

（4）分离系统：分离系统主要包括色谱柱和柱温箱。色谱柱是色谱分离系统的"心脏"。

（5）检测系统：即检测器（detector），可将混合气体中组分的量变成可测量的电信号，是色谱仪的"眼睛"。气相色谱仪的检测器已有五十余种之多。常用的浓度型检测器有热导检测器、电子捕获检测器等，常用的质量型检测器有氢火焰离子化检测器、氮磷检测器和火焰光度检测器及质谱检测器等。

（6）数据处理系统：最基本的功能是将检测器输出的模拟信号进行采集、信号转换、数据处理与计算，并打印出信号强度随时间的变化曲线，即色谱图。

现在的色谱仪都有一个色谱工作站（由工作软件＋微型计算机＋打印机组成），它能完成数据处理系统的所有任务,有的还能对色谱仪器实现实时自动控制。

2. 气相色谱仪的基本操作

目前国内外气相色谱仪进行气相分析的流程大体相同。其基本操作步骤如下。

(1) 打开载气总阀开关,调节出口阀压力。

(2) 打开仪器电源开关,仪器通过自检。

(3) 打开主机面板上的辅助气(空气、氢气)开关,设置流量。

(4) 设置柱温箱、进样器、检测器工作温度。

(5) 从主机面板选择分析通道(设置检测器,若是 FID,则需点火)。

(6) 打开色谱工作站,进入主菜单,进行方法设定。

(7) 待信号值稳定后,即可进样分析,按同步触发采集数据,运行时间结束后,出现对话框,键入文件名,保存文件。

(8) 打开主菜单,进行谱图处理,选择存储谱图或打印。

(9) 色谱分析结束,设置程序使柱温箱、进样器、检测器温度下降。

(10) 关闭电源,关闭载气总阀开关。

3. 微量注射器的进样操作

气相色谱法中手动进样用微量注射器进样,液体试样一般使用 1 μL、5 μL、10 μL 等规格的微量注射器进行。微量注射器进样的操作见图 2-15。进样时注意防止针芯和针头折弯。

4. 气相色谱仪使用注意事项

(1) 开机前应检查气路系统是否漏气,检查进样口硅橡胶密封垫是否需要更换。

(2) 开机时先通载气后通电,关机时先关电源后停载气。

(3) 柱温箱、汽化室及检测器的温度根据样品性质确定。一般汽化室温度比样品组分中最高的沸点再高 30~50 ℃ 即可,检测器温度应大于柱温箱温度。

图 2-15　微量注射器操作
1—微量注射器;2—进样口

(4) 用 FID 检测器时,不点火严禁通 H_2,通 H_2 后要及时点火,并保证火焰点着。

(5) 仪器基线平稳后,仪器上所有旋钮、按键不得乱动,以免改变色谱条件。

(6) 微量注射器使用前应先用被测溶液洗涤数次,吸取样品时,注射器中不应有气泡。

2.3.4　高效液相色谱仪及其使用

高效液相色谱(HPLC)仪型号、配置多种多样,但其基本工作原理和基本流程一致,主要包括高压输液系统、进样系统、色谱分离系统、检测器、数据处理系统等,如图 2-16 所示。目前常见生产厂家国外有 Waters 公司、Agilent 公司、Shimadzu 公司等,国内有大连依利特公司、上海分析仪器厂、北京分析仪器厂等。

1. 高效液相色谱仪的组成及功能

1) 高压输液系统

高压输液系统由贮液瓶、溶剂脱气装置、高压输液泵、梯度洗脱装置构成。

(1) 贮液瓶　贮液瓶用于储存流动相溶剂,一般为玻璃或塑料瓶,容积为 0.5~2.0 L,无色或棕色,棕色瓶可起到避光作用,盛放水溶液时可减缓菌类生长。贮液瓶的位置应高于泵,以保持一定的输液静压差。

图 2-16　高效液相色谱仪基本组成

（2）脱气装置　流动相中微小气泡在高压下会放大影响泵的工作，甚至会影响检测器的灵敏度、基线稳定性，乃至无法检测，因此必须脱气。脱气方法有离线脱气法和在线脱气法，而在线真空气机可实现流动相在进入输液泵前的连续真空脱气，适用于多元溶剂系统。简单的高效液相色谱仪无在线脱气装置，流动相脱气必须用离线脱气法。

（3）高压输液泵　高压输液泵是高效液相色谱仪中最重要的部件之一。高压输液泵的性能好坏直接影响到整个系统的质量和分析结果的可靠性。高压输液泵应具备如下性能：①流量稳定，其 RSD 应小于 0.5%，这对定性定量的准确性至关重要；②流量范围宽，分析型应在 $0.1\sim10$ mL/min 范围内连续可调，制备型应能达到 100 mL/min；③输出压力高，一般可达 $39.2\sim49$ MPa；④液缸容积小，适于梯度洗脱；⑤密封性好，耐腐蚀。

高压输液泵的种类很多，目前应用最多的是柱塞往复泵。

（4）梯度洗脱装置　梯度洗脱装置用于进行梯度洗脱。高效液相洗脱方式有等度（isocratic）和梯度（gradient）两种，梯度洗脱方式又分低压梯度（外梯度）和高压梯度（内梯度）。

低压梯度是在常压下将两种或多种溶剂按一定比例输入泵前的比例阀中混合后，再用高压泵将流动相以一定的流量输出至色谱柱。常见的是四元泵，其特点是只需一个高压输液泵，由计算机控制四元比例阀来改变溶剂的比例，即可实现二元至四元梯度洗脱，成本低、使用方便。由于溶剂在常压下混合，易产生气泡，故需要良好的在线脱气装置。

高压梯度一般只用于二元梯度，即用两个高压泵分别按设定比例输送两种不同溶液至混合器，在高压状态下将两种溶液进行混合，然后以一定的流量输出。其主要优点是，只要通过梯度程序控制器控制每个泵的输出，就能获得任意形式的梯度曲线，而且精度很高，易于实现自动化控制。

2）进样系统

进样系统的作用是将试样引入色谱柱，装在高压泵和色谱柱之间，由手动或自动经六通阀进样。

（1）六通阀　六通阀有 6 个口，1 和 4 之间接定量环，2 接高压泵，3 接色谱柱，5、6 接废液管。进样时先将阀切换到"Load"，针孔与 4 相连，用微量注射器将样品溶液由针孔注入定量环中，充满后多余的样品溶液从 6 处排出，后将进样器阀柄顺时针转动 60°至"Inject"，流动相与定量环接通，样品被流动相带到色谱柱中进行分离，完成进样，见图 2-17。定量环常见体积有 5 μL、10 μL、20 μL、50 μL 等，可根据需要更换不同体积的定量环。

（2）手动进样器　手动进样器进样时，用微量注射器将样品溶液注入六通阀，注意必须使用高效液相色谱专用平头微量注射器，不能使用气相色谱尖头微量注射器，否则会损坏六通阀。进样方式有部分装液法和完全装液法两种：①部分装液法，注入的样品体积应不大于定量环体积的 50%，并要求每次进样体积准确、相同；②完全装液法，注入的样品体积应最少是定量环体积的 3 倍，以完全置换定量环内流动相，消除管壁效应，确保进样准确度及重现性。

（3）自动进样器　自动进样器由计算机自动控制进样六通阀、计量泵和进样针的位置，按预先编制的进样操作程序工作，自动完成定量取样、洗针、进样、复位等过程。

图 2-17　六通阀手动进样器原理示意图

3）色谱分离系统

色谱分离系统包括保护柱、色谱柱、柱温箱、柱切换阀等。

（1）色谱柱　色谱柱是分离好坏的关键，使用时，流动相的方向应与柱的填充方向一致。色谱柱的柱管外壁都以箭头显著地标示了该柱的使用方向，安装和更换色谱柱时，一定要使流动相按箭头所指方向流动。

（2）柱温箱　柱温箱是用于使色谱柱恒温的装置，一般其控温范围高于室温，也可低于室温，通常控制柱温在 30～40 ℃。有些柱温箱还具有柱切换装置。

色谱柱的工作温度对保留时间、相对保留时间、溶剂的溶解能力、色谱柱的性能、流动相的黏度都有影响。一般升高柱温，可增加组分在流动相中的溶解度，减小分配系数 K，缩短分析时间，还可降低流动相的黏度，降低柱压与提高柱效。

4）检测器

检测器的作用是将流出色谱柱每一组分的总量定量地转化为可供检测的信号。分通用型检测器和专用型检测器，前者常见的有示差折光检测器、蒸发光散射检测器及目前发展较快的质谱检测器等，后者主要有紫外检测器、荧光检测器等。最常用的是紫外检测器，常见有可变波长紫外检测器和二极管阵列检测器。

2. 高效液相色谱仪基本操作

（1）准备：流动相配制、脱气，样品制备。

（2）开机：依次打开计算机、泵、检测器、柱温箱电源开关，仪器自检。

（3）装柱：将吸液头插入已经过滤和脱气处理的甲醇中，开启泵，使液体流出，调节流速为 0.2 mL/min，连接色谱柱（注意方向），待液体流出色谱柱后，再与检测器连接。

（4）平衡：升高流速（常规分析柱一般升至 1 mL/min），大约 15 min 后，换上准备的流动相（若流动相含盐或甲醇比例较低，中间需适当过渡），待基线走稳。

（5）在仪器面板或色谱工作站设置分析条件。设置泵参数，如工作流速、流动相比例、高压限和低压限；设置检测器参数，如检测波长、灵敏度等；编辑样品名、采集时间、进样体积等。

（6）待基线走稳后，进样分析，采集数据（图谱）。

（7）建立数据处理方法，选择峰宽、积分阈值、处理区间、指定最小峰面积和峰高等；处理色谱图，记录色谱图信息（色谱峰面积）。

（8）冲洗：全部测定完毕后，冲洗色谱柱和管路（调节溶剂洗脱强度从小到大冲洗柱子）。

（9）降流速：用面板功能或用色谱管理软件调控，流速每次降 0.2 mL/min，柱压稳定后再降 0.2 mL/min，降到 0.0 mL/min 为止。

（10）退出工作站，关闭工作站后再关闭计算机，关闭各部件电源。

（11）做好使用登记。

3. 高效液相色谱仪使用注意事项

(1) 高效液相色谱分析所用水均需纯化处理,用新鲜二次蒸馏水或经脱离子处理的蒸馏水。

(2) 流动相需经过滤、脱气后方可使用。样品需经过滤或高速离心后方可进样分析。

(3) 做完实验后,反相色谱柱需用甲醇冲洗 20～30 min。若流动相中含盐类或缓冲液,则应先配制相同比例的无盐流动相冲洗,逐渐变化到 95% 水溶液冲洗,再逐渐变化到用甲醇冲洗,以保护色谱柱和高压输液泵。

4. 泵的使用和维护

(1) 防止任何固体微粒进入泵体,因此应过滤流动相。

(2) 流动相不应含有任何腐蚀性物质,含有缓冲液的流动相不应停泵过夜或保留在泵内更长时间。必须泵入纯水将泵充分清洗后,再换成适合于保存色谱柱和有利于泵维护的溶剂。

(3) 防止流动相耗尽空泵运转,导致柱塞磨损、缸体或密封环损坏,最终产生漏液。

(4) 输液泵的工作压力不能超过规定的最高压力,否则会使高压密封环变形,产生漏液。

(5) 流动相应脱气,以免在泵内产生气泡,影响流量的稳定性。如果有大量气泡,泵将无法正常工作。

5. 离线脱气方法

(1) 抽真空脱气　用微型真空泵,降压至 0.05～0.07 MPa 即可除去溶解的气体。使用真空泵连接抽滤瓶可以一起完成过滤和脱气的双重任务,滤膜常用 0.45 μm 的,分有机相膜和水相膜,切不可用水相膜过滤有机相。

(2) 超声波振荡脱气　将流动相置于超声波清洗机中,用超声波振荡 10～30 min 即可。

(3) 吹氦脱气　使用在液体中溶解度低的氦气,以 60 mL/min 的流速缓缓地通过流动相 10～15 min,除去溶于流动相中的气体。

6. 色谱柱的正确使用和维护

(1) 避免压力、温度和流动相的组成比例急剧变化及任何机械振动。

(2) 经常用强溶剂冲洗色谱柱,清除保留在柱内的杂质。

① 硅胶柱:以正己烷(或庚烷)、二氯甲烷和甲醇依次冲洗,然后再以相反顺序依次冲洗,所有溶剂都必须严格脱水。甲醇能洗去残留的强极性杂质,正己烷使硅胶表面重新活化。

② 反相柱:以水、甲醇、乙腈、一氯甲烷(或三氯甲烷)依次冲洗,再以相反顺序依次冲洗(如果下一步分析用的流动相不含缓冲液,那么可以省略最后用水冲洗这一步)。

一氯甲烷能洗去残留的非极性杂质。在甲醇(乙腈)冲洗时重复注射 100～200 μL 四氢呋喃数次,有助于除去强疏水性杂质。四氢呋喃与乙腈或甲醇的混合溶液能除去类脂。有时也注射二甲亚砜数次。此外,用乙腈、丙酮和三氟醋酸(质量分数为 0.1%)梯度洗脱能除去蛋白质杂质。

第3章 化学分析实验

实验1 电光分析天平减量法称量练习

一、目的要求

(1) 了解电光分析天平的结构,熟悉砝码组合。

(2) 学会正确使用电光分析天平。

(3) 掌握减量法称量方法。

二、仪器与试剂

(1) 电光分析天平;称量瓶;锥形瓶或小烧杯。

(2) 样品:固体样品(晶形粉末)。

三、实验内容

(1) 观察、熟悉天平各部件的结构、性能及所处的正确位置。

(2) 称量练习:称样量 0.2 g(±10%,0.18~0.22 g)。

四、实验步骤

1. **叠罩**

取下天平罩,叠齐,放在天平箱顶上。

2. **称样前准备**

1) 外观检查

(1) 查水平(若气泡不在圆圈的中间,旋转天平箱下前面两只垫脚螺丝,直至气泡在圆圈的中间)。

(2) 查升降枢是否处于关闭状态,横梁、吊耳有无脱落。

(3) 查砝码是否齐全。

(4) 查指数盘是否指零,环码是否齐全、到位。

(5) 查天平盘是否干净(如有粉尘,可用软毛刷轻轻扫净)。

2) 物品放置

砝码盒放于指数盘一边,容器放另一边,记录本放中间。

3) 调零

接通电源,右手握旋钮,缓慢旋开,灯亮,观察零点。若不在零点,可拨动拨杆调零。

3. **减量法称量**

(1) 将称量瓶放在天平秤盘上,并关好边门。估计称量瓶大致质量,加砝码及环码。手握旋钮,缓慢旋开旋钮,根据指针或标尺移动的方向判断两边秤盘轻重,关闭旋钮。加减砝(环)码(由大到小,折半加减),直至打开天平旋钮时指针在标尺范围内,读数并记录,关天平,得倾出样品前称量瓶质量 m_1。

（2）在指数盘上减去所需倾出样品质量数。取出称量瓶,左手拿瓶、右手拿盖,对准容器口,用瓶盖轻敲瓶的上部(瓶微微上倾,勿使瓶底高于瓶口,以防试样冲出),见图 2-4,使试样慢慢落入容器中,收起时一边敲瓶口上部,一边慢慢地将瓶竖起,使粘在瓶口的试样落入瓶中,盖好瓶盖,再将称量瓶放回秤盘中,缓慢旋开旋钮,根据指针或标尺移动的方向判断两边秤盘轻重。若样品盘重,则表明倾出量不够,取出称量瓶继续敲瓶,如此反复操作(反复次数越少越好),直至倾出的试样质量达到要求后,记录下准确读数 m_2。第一份试样重＝m_1-m_2。

（3）重复进行操作（2）,若需称取三份试样,则连续称量四次即可。

4. 复原

关闭旋钮,取出砝码,将读数盘指零,取出称量瓶,关闭天平门。罩上天平罩,做好使用登记,将凳子归位。

五、数据记录及处理

将实验数据及处理结果填入下表:

样 品 编 号	1	2	3
称量瓶＋样品（倾出前）质量/g			
称量瓶＋样品（倾出后）质量/g			
样品质量/g			

六、注意事项

（1）使用分析天平时不可以用手直接接触称量瓶,可戴手套(自备白手套)或叠纸条取用。

（2）天平要轻开轻关,调节砝码时,可以先半开,待临近平衡点,光屏缓慢移动时再完全打开旋钮。取放物体、加减砝码和环码时,必须关闭天平,以保护玛瑙刀口。

（3）称量时,应关好边门(减少空气流动、湿度变化等因素的影响),不得随意打开前门。

（4）取砝码时必须用镊子夹取,严禁直接用手拿。

（5）不得使天平载重超过最大负载($m_{max}=200$ g)。

（6）数据应及时记录在实验报告上。

七、思考题

（1）将物品或砝(环)码在秤盘上取下或放上去时,为什么必须关闭天平,托住天平横梁?

（2）在减量法称取样品过程中,若称量瓶内的试样吸湿,会对称量结果造成什么影响? 若试样倾入锥形瓶内再吸湿,对结果是否有影响? 为什么?

（3）在称量中如何运用优选法较快地确定出物品的质量?

（4）在减量法称量中,零点是否要求绝对准确? 是否参加计算?

（5）在称量练习的记录和计算中,如何正确运用有效数字?

实验 2 电子分析天平的称量练习

一、目的要求

(1) 掌握电子分析天平的使用方法。
(2) 了解电子分析天平的结构、原理及功能。

二、仪器与试剂

(1) 电子分析天平(精确度 0.1 mg);称量瓶;锥形瓶或小烧杯。
(2) 样品:固体样品(晶形粉末)。

三、实验内容

1. 熟悉装置

观察、熟悉天平的构造、性能及按键功能。

2. 称量练习

(1) 直接称量法。
(2) 减量法。称样量:0.2 g(±10%,0.18~0.22 g)。
(3) 指定量称量法。称样量:0.2 g(±10%,0.18~0.22 g)。

四、实验步骤

1. 叠罩

取下天平罩,叠齐,叠好后放在天平箱右后方的台面上。

2. 称量前准备

(1) 外观检查:①检查天平秤盘是否干净(如有粉尘,可用软毛刷轻轻扫净);②查水平(天平秤盘旁边有指示水平的气泡,若气泡不在圆圈中间,旋转天平底板下的两只垫脚螺丝,直至气泡在圆圈中间)。

(2) 物品放置 称量时,操作者面对天平端坐,记录本放在胸前的台面上,存放称量物的器皿放在天平左侧。

(3) 接通电源,预热 20 min。

(4) 轻按"ON"键,显示器开启,随后将依次显示:天平型号、称量模式、数字(如显示器上显示不为 0.000 0 g,按"TAR"键归零)。

3. 称量练习

(1) 直接称量法 将称量瓶置于秤盘上,待天平平衡,记录显示器读数,即为称量瓶质量。

(2) 减量法 将称量瓶置于秤盘上,待天平平衡后,按"TAR"键归零。取出称量瓶,左手拿瓶,右手拿盖,对准容器口,用瓶盖轻敲瓶口上部(瓶微微上倾,勿使瓶底高于瓶口,以防试样冲出),使试样慢慢落入容器中,收起时一边仍敲瓶口上部,一边慢慢地将瓶竖起,使粘在瓶口的试样落入瓶中,盖好瓶盖,再把称量瓶放回天平上称量,显示器显示负值(如−0.201 2 g),此负值的绝对值(0.201 2 g)即为敲出试样的质量。若倾出量不够,取出称量瓶继续敲瓶,如此反复操作(反复次数越少越好),直至倾出试样质量达到要求,记录读数。

(3) 指定量称量法 将称量纸置于秤盘上,待天平平衡后,按"TAR"键归零。打开天平两侧边门,左手拿称量瓶,右手拿盖,在称量纸上方,用瓶盖轻敲瓶的上部,使试样慢慢落到称量纸,并观察显示屏读数,待符合要求时,将瓶收起,关上天平边门,待天平平衡后,记录显示器读数,即为样品质量。

4. 复原

称量结束后,轻按"OFF"键即关闭显示器。将秤盘上样品取出,关上天平边门,套好天平罩,做好使用登记,凳子归位(若较长时间不用天平,应拔去电源线)。

五、数据记录及处理

依次用直接称量法、减量法、指定量称量法称取一定质量的样品,将实验数据记入下表:

实 验 方 法	直接称量法	减量法	指定量称量法
样品质量/g			

六、注意事项

(1) 使用分析天平称量时,不能直接用手拿称量瓶或样品,可戴手套或叠纸条取用。

(2) 在称量过程中不要打开天平两侧的玻璃门,以免空气对流造成读数不稳定。

(3) 天平调好水平后,使用时不得挪动天平的位置;不得使天平载重超过最大负载。

(4) 在减量法和指定量称量法中,称量中途不得再按"TAR"清零功能键。

(5) 数据应及时记录在实验报告上。

(6) 用电子分析天平减量法称量也可以不用"TAR"清零功能键。可先称出敲出物品前质量 m_1,取下称量瓶敲出试样,再把称量瓶放置天平上,记下读数 m_2,两次称量值的差值 $m_1 - m_2$ 即为敲出的第一份试样的质量。重复敲出样品称重,再称出称量瓶质量 m_3,则 $m_2 - m_3$ 即为敲出的第二份试样的质量。

七、思考题

(1) 为什么称量时天平两侧的玻璃门不能打开?

(2) 为什么天平调好水平后,使用时不得挪动天平的位置?

(3) 为什么在减量法和指定量称量法中,称量中途不得再按"TAR"清零功能键?

实验 3　容量分析器皿的使用和校准

一、目的要求

(1) 了解容量分析器皿的误差。

(2) 掌握容量分析器皿的校准、使用方法。

二、基本原理

滴定分析误差的来源之一是容量分析器皿(以下简称器皿)的体积测量误差。根据滴定分析的允许误差,通常要求所用器皿测定溶液体积时的测量误差在 0.1% 左右。但由于种种原因,如不同商品等级、温度变化等,大多数器皿的实际容积与所标示的容积之差往往会超出允许误差范围。因此,为了提高分析结果的准确性,应适时对器皿进行校正。器皿的校准根据具体情况可采用绝对校准法与相对校准法。

（1）绝对校准法　绝对校准法需要测定器皿的实际容积,通过称量器皿中所放出或所容纳纯水的质量,然后将该质量除以该温度下水的校正密度 d'_t（d'_t 表示温度为 t ℃时 1 mL 纯水在空气中用黄铜砝码称得的质量）即得到实际容积。例如,在 25 ℃使用校准滴定管时,称得由滴定管放出的水质量为 19.82 g,查得 25 ℃时纯水的校正密度为 0.996 1 g/mL,那么实际容积为 $\dfrac{19.82 \text{ g}}{0.996 \text{ 1 g/mL}} = 19.90$ mL。

若滴定管容积是 19.88 mL,则可计算得校准值为实际容积减滴定管容积,即 0.02 mL。

滴定管、移液管、容量瓶一般采用绝对校准法。

（2）相对校准法　当要求两种器皿按一定比例配套使用,且各自的绝对容积并不重要时,可采用相对校准法。例如,25 mL 移液管与 100 mL 容量瓶的体积比应为 1∶4。

三、仪器与试剂

（1）分析天平;25 mL 酸（碱）式滴定管;100 mL 容量瓶;25 mL 移液管;50 mL 锥形瓶。

（2）试剂:蒸馏水。

四、实验步骤

1. 滴定管的校准

将蒸馏水装入洁净的滴定管中,调节零刻度,准确读数并记录,同时测定所用水的温度。

取一干燥 50 mL 锥形瓶,置于分析天平称量（准确至 0.01 g）,然后从滴定管放出 5 mL 蒸馏水于锥形瓶中,1 min 后准确记录滴定管读数（准确至 0.01 mL）,于同一台分析天平称取锥形瓶加水的质量。然后再放 5 mL 蒸馏水,记录滴定管读数,称量锥形瓶加水的质量。如此反复进行直至滴定管读数为 25 mL。以 5 mL 为一段计算实际容积及其校准值,然后求出累积校准值。

重复测量一次,要求两次测量的校准值之差不大于 0.02 mL。

2. 移液管的校准

同滴定管的校准,称量移液管准确移取的质量,计算,即得。

3. 移液管和容量瓶的相对校准

用 25 mL 移液管移取蒸馏水于干净且干燥的 100 mL 容量瓶中,移取四次后,观察瓶颈处水的弯月面是否刚好与标线相切。若不相切,则应在瓶颈另做一记号为标线,作为与该移液管配套使用时的容积。

五、数据记录及处理

1. 滴定管校正表

（水温:　　℃,$d'_t =$　　g/mL）

读　数	V/mL	$m_{瓶+水}$/g	$m_水$/g	$V_实$/mL	ΔV/mL	$\sum \Delta V$/mL
0.03		空:23.45				
5.02	4.99	28.42	4.97			
10.05	5.03	33.42	5.00			
...						

2. 移液管校正表

标示容量：　　　　mL　　　　　　　　　　　　　　　　　　（水温：　　℃, $d_t'=$　　　g/mL）

	$m_瓶$/g	$m_{瓶+水}$/g	$m_水$/g	$V_实$/mL	ΔV/mL
1					
2					
3					

六、思考题

(1) 校准滴定管时，为什么锥形瓶和水的质量只需准确到 0.01 g？

(2) 为什么容量分析要用同一支滴定管或移液管？为什么滴定时每次都应从零刻度或零刻度以下附近开始？

(3) 校正容量分析器皿时为什么要求使用蒸馏水而不用自来水？为什么要测水温？

附：纯水在不同温度下的校正密度和常见容量分析器皿允许误差（表 3-1 至表 3-5）

表 3-1　纯水在不同温度下的 d_t'

温度/℃	d_t/(g/mL)	温度/℃	d_t/(g/mL)	温度/℃	d_t/(g/mL)	温度/℃	d_t/(g/mL)
5	0.998 53	12	0.998 24	19	0.997 33	26	0.995 88
6	0.998 53	13	0.998 15	20	0.997 15	27	0.995 66
7	0.998 52	14	0.998 04	21	0.996 95	28	0.995 39
8	0.998 49	15	0.997 92	22	0.996 76	29	0.995 12
9	0.998 45	16	0.997 78	23	0.996 55	30	0.994 85
10	0.998 39	17	0.997 64	24	0.996 34		
11	0.998 33	18	0.997 49	25	0.996 12		

表 3-2　滴定管的允许误差

滴定管规格		5 mL	10 mL	25 mL	50 mL
允许误差/mL	一等	±0.01	±0.02	±0.03	±0.05
	二等	±0.03	±0.04	±0.06	±0.10

表 3-3　移液管的允许误差

移液管规格		1 mL	2 mL	5 mL	10 mL	20 mL	25 mL	50 mL
允许误差/mL	一等	±0.006	±0.006	±0.01	±0.02	±0.03	±0.04	±0.05
	二等	±0.015	±0.015	±0.02	±0.04	±0.06	±0.10	±0.12

表 3-4　吸量管的允许误差

吸量管规格		1 mL	2 mL	5 mL	10 mL	25 mL
允许误差/mL	一等	±0.01	±0.01	±0.02	±0.03	±0.05
	二等	±0.02	±0.02	±0.04	±0.06	±0.10

表 3-5 容量瓶的允许误差

容量瓶规格		10 mL	25 mL	50 mL	100 mL	250 mL	500 mL	1 000 mL
允许误差 /mL	一等	±0.02	±0.03	±0.05	±0.10	±0.10	±0.15	±0.30
	二等	—	±0.06	±0.10	±0.20	±0.20	±0.30	±0.60

实验 4 滴定分析法的基本操作练习

一、目的要求

(1) 练习滴定分析法的基本操作及常用指示剂的终点判断。

(2) 学习容量分析器皿的准确读数。

二、基本原理

酸碱指示剂(acid-base indicator)一般是有机弱酸或弱碱。其酸式与共轭碱式的结构不同,因而具有不同的颜色。指示剂的理论变色点取决于该指示剂的酸碱离解常数(K_{HIn}),即指示剂达到离解平衡时溶液的 pH 值,理论变色范围则在平衡点的 ±1 个 pH 值单位,因此,在一定条件下,指示剂所呈颜色取决于溶液的 pH 值。

在酸碱滴定过程中,随着溶液 pH 值的变化,酸式和共轭碱式将相互转化,从而引起溶液颜色的变化。在滴定反应中,计量点前后($\Delta V = 0.04$ mL)pH 值会产生一突跃范围(滴定突跃范围),只要选择变色范围全部或部分处于滴定突跃范围内的指示剂即可用来指示终点,滴定误差均小于 ±0.1%,保证测定有足够的准确度。

三、仪器与试剂

(1) 25 mL 酸式滴定管;25 mL 碱式滴定管;20 mL 移液管;250 mL 锥形瓶。

(2) 0.1 mol/L NaOH 溶液:称取 NaOH(AR)4.2 g,加蒸馏水 100 mL 溶解。

(3) 0.1 mol/L HCl 溶液:量取浓 HCl(AR;1.19 g/cm³)0.9 mL,加蒸馏水 100 mL 稀释。

(4) 0.1%甲基橙指示剂:称取甲基橙(AR)0.1 g,加蒸馏水 100 mL 溶解。

(5) 0.1%溴甲酚绿指示剂:称取溴甲酚绿(AR)0.1 g,加 20%乙醇 100 mL 溶解。

(6) 0.1%甲基红指示剂:称取甲基红(AR)0.1 g,加 60%乙醇 100 mL 溶解。

(7) 0.2%酚酞指示剂:称取酚酞(AR)0.2 g,加 95%乙醇 100 mL 溶解。

四、实验步骤

1. 用 HCl 滴定 NaOH

将 0.1 mol/L NaOH 溶液、0.1 mol/L HCl 溶液分别装满 25 mL 碱式滴定管和 25 mL 酸式滴定管,记录初始体积;以 10 mL/min 的速度从碱式滴定管中放出 16.0 mL NaOH 溶液于 250 mL 锥形瓶中;加入 2 滴甲基红指示剂,用 0.1 mol/L 的 HCl 溶液滴定至溶液由黄变红,记下读数。继续从碱式滴定管中放出 2.0 mL NaOH 溶液(此时碱式滴定管读数为 18.0 mL)于此锥形瓶中,继续用 HCl 溶液滴定至红色,记下读数。如此继续,每次均加入 2.0 mL NaOH 溶液,至加入 NaOH 溶液体积为 24.0 mL,得一系列 HCl 滴定体积(累积体积),计算

滴定的体积比 V_{HCl}/V_{NaOH}，计算相对偏差。要求五次结果的相对偏差不超过±0.2%。

分别以溴甲酚绿(由蓝色变为黄绿色)、甲基橙(由黄色变至橙色)为指示剂，练习用 HCl 滴定 NaOH，计算滴定的体积比 V_{HCl}/V_{NaOH}。

2. 用 NaOH 滴定 HCl

用移液管移取 0.1 mol/L HCl 溶液 20.00 mL 于锥形瓶中，加 1～2 滴酚酞指示剂，用 NaOH 溶液滴定至粉红色刚刚出现(30 s 不褪色即为终点)，记下读数。重复三次，所用 NaOH 溶液的体积最大值和最小值之差不得超过 0.04 mL，计算 $V_{HCl}/\overline{V}_{NaOH}$ 值。

比较使用各种指示剂滴定的体积比平均值，根据结果，进行讨论，分析原因。

五、数据记录及处理

1. HCl 滴定 NaOH

指示剂：＿＿＿＿＿＿＿

	V_{NaOH}/mL		V_{HCl}/mL		V_{HCl}/V_{NaOH}	平均值 $\overline{X}$	偏差 d	$\dfrac{d}{\overline{X}}\times100$
	V	ΔV	V	ΔV				
V_0	—	—	—	—	—		—	—
V_1								
V_2								
V_3								
V_4								
V_5								

2. NaOH 滴定 HCl

实 验 次 数	1	2	3
V_{HCl}/mL			
$V_{NaOH}(始)/mL$			
$V_{NaOH}(终)/mL$			
$\Delta V_{NaOH}/mL$			
$\overline{V}_{NaOH}/mL$			
$V_{HCl}/\overline{V}_{NaOH}$			

六、注意事项

(1) 滴定管加满，表示滴定管起始体积读数不大于 0.5 mL。

(2) 加半滴溶液的操作：使溶液悬挂在尖嘴上，形成半滴，用锥形瓶内壁将其沾落，再用洗瓶以少量蒸馏水吹洗瓶壁。

(3) 摇锥形瓶时，应使溶液向同一方向做圆周运动(左、右旋均可)，勿使瓶口接触滴定管，也不得让溶液溅出。

七、思考题

（1）滴定管和移液管在使用前应如何处理？锥形瓶是否需要干燥？

（2）遗留在移液管尖嘴内的最后一滴溶液是否需要吹出？

（3）为什么体积比用累积体积而不用每次加入的 2.0 mL 计算？

实验 5 0.1 mol/L NaOH 标准溶液的配制与标定

一、目的要求

（1）掌握配制标准溶液和用基准物质标定标准溶液浓度的方法。

（2）掌握碱式滴定管滴定操作方法和滴定终点的判断。

二、基本原理

本实验选用邻苯二甲酸氢钾作为标定 NaOH 标准溶液的基准物质。邻苯二甲酸氢钾易于提纯，在空气中稳定、不吸潮、易于保存、摩尔质量大。标定反应式为

$$\text{邻苯二甲酸氢钾} \begin{array}{c} \text{COOH} \\ \text{COOK} \end{array} + \text{NaOH} = \begin{array}{c} \text{COONa} \\ \text{COOK} \end{array} + H_2O$$

由于反应产物是弱酸的共轭碱，计量点时溶液呈微碱性，可用酚酞作指示剂。计算公式为

$$c_{\text{NaOH}} = \frac{m_{\text{KHC}_8\text{H}_4\text{O}_4} \times 1\,000}{M_{\text{KHC}_8\text{H}_4\text{O}_4} \times V_{\text{NaOH}}} \qquad (M_{\text{KHC}_8\text{H}_4\text{O}_4} = 204.2 \text{ g/mol})$$

三、仪器与试剂

（1）分析天平（0.1 mg）；称量瓶；25 mL 碱式滴定管；250 mL 锥形瓶。

（2）氢氧化钠（AR）；邻苯二甲酸氢钾（AR）。

（3）0.2%酚酞指示剂：同实验 4。

四、实验步骤

（1）0.1 mol/L NaOH 标准溶液的配制：粗称 4.2 g NaOH 于烧杯中，加新煮沸后静置冷却的蒸馏水 1 000 mL 溶解，待标定。

（2）0.1 mol/L NaOH 标准溶液的标定：取在 105～110 ℃ 干燥至恒重的基准邻苯二甲酸氢钾约 0.40 g（±10%），精密称定，置于 250 mL 锥形瓶中，加入 50 mL 新鲜蒸馏水，振摇使之完全溶解，加酚酞指示剂 2 滴，用 0.1 mol/L NaOH 溶液滴定至溶液由无色变为粉红色（30 s 不褪），即为终点。平行测定三次。计算 NaOH 标准溶液浓度，三次测定相对平均偏差应小于 0.2%。

五、数据记录及处理

将实验数据记录、处理，记入下表：

实 验 次 数	1	2	3
称量瓶＋样品(倾出前)质量/g			
称量瓶＋样品(倾出后)质量/g			
样品质量/g			
V_{NaOH}(始)/mL			
V_{NaOH}(终)/mL			
V_{NaOH}/mL			
c_{NaOH}/(mol/L)			
$\bar{c}_{NaOH}$/(mol/L)			
相对平均偏差/(%)			

六、注意事项

(1) 注意碱式滴定管使用前要检漏,将标准溶液充满滴定管后,应检查管下部是否有气泡,若有,需除去气泡。

(2) 滴定管读数时将滴定管垂直夹在滴定管夹上,眼睛视线与溶液弯月面下缘最低点应在同一水平线上,读取弯月面的下缘。

(3) 注意碱式滴定管的操作:左手无名指和小指夹住出口管,拇指和食指向侧面挤压玻璃珠所在部位稍上处的橡皮管,使溶液从空隙处流出。注意:①不能使玻璃珠上下移动;②不能捏玻璃珠下部的橡皮管。

七、思考题

(1) 用台秤称取固体 NaOH 配制出的标准溶液浓度是否准确? 能否用称量纸称取固体 NaOH? 为什么?

(2) 本实验中使用了什么仪器? 哪些数据需精确测定?

(3) 用邻苯二甲酸氢钾标定 NaOH 溶液时,为什么用酚酞而不用甲基橙作指示剂?

实验 6　多元酸含量测定

一、目的要求

(1) 掌握用酸碱滴定法测定多元酸含量的原理和操作。

(2) 掌握酚酞指示剂的滴定终点。

二、基本原理

多元酸在水溶液中分步解离,满足 $K_i c \geqslant 10^{-8}$ 时,含量测定可采用酸碱滴定法准确滴定,当 $K_i/K_{i+1} \geqslant 10^4$ 时,能被分步滴定。

草酸是无色透明或白色的粉末,由水中结晶获得的试剂含 2 分子结晶水($H_2C_2O_4 \cdot 2H_2O$)。草酸是二元酸,易溶于水,在水中可解离出 H^+,其解离常数为 $K_{a_1} = 5.4 \times 10^{-2}$,$K_{a_2} =$

5.4×10^{-5}，因此可用标准碱溶液直接滴定。由于 K_{a_1} 和 K_{a_2} 比较接近，因而并不出现两个突跃而被一次滴定，计量点时溶液的 pH 值为 8.4，可用酚酞作指示剂。反应式为

$$H_2C_2O_4 + 2NaOH \longrightarrow Na_2C_2O_4 + 2H_2O$$

枸橼酸为无色透明或白色结晶型粉末，由水中结晶得到而含 1 分子结晶水。枸橼酸是三元酸，易溶于水，在水中可解离出 H^+，其解离常数为 $K_{a_1} = 8.7 \times 10^{-4}$，$K_{a_2} = 8.7 \times 10^{-5}$，$K_{a_3} = 8.7 \times 10^{-6}$，因此可用碱标准溶液直接滴定。但 K_{a_1}、K_{a_2} 和 K_{a_3} 都比较接近，因而滴定过程中不出现多个突跃而被一次滴定，计量点时 pH 值为 8.65，可用酚酞作指示剂。反应式为

$$C_6H_5O_7H_3 + 3NaOH \longrightarrow C_6H_5O_7Na_3 + 3H_2O$$

计算公式为

$$w_A/(\%) = \frac{1}{a} \times \frac{c_{NaOH} V_{NaOH} M_A}{m_s \times 1\,000} \times 100$$

（草酸：$H_2C_2O_4 \cdot 2H_2O$，$M_A = 126.07$ g/mol，$a = 2$。枸橼酸：$C_6H_8O_7 \cdot H_2O$，$M_A = 210.1$ g/mol，$a = 3$）

三、仪器与试剂

(1) 分析天平(0.1 mg)；25 mL 碱式滴定管；250 mL 锥形瓶；称量瓶。

(2) 0.1 mol/L NaOH 标准溶液(同实验 5)。

(3) 酚酞指示剂(同实验 4)。

(4) 样品：草酸或枸橼酸。

四、实验步骤

取样品约 0.14 g，精密称定，置于 250 mL 锥形瓶中，加水 50 mL 使样品完全溶解，加酚酞指示剂 1～2 滴，用 0.1 mol/L NaOH 标准溶液滴定至溶液呈粉红色，经振荡粉红色 30 s 内不消失即为终点。平行测定三次。

五、数据记录及处理

将实验数据记录、处理，填入下表：

$c_{NaOH} = \underline{\qquad}$ mol/L

实验次数	1	2	3
称量瓶＋样品(倾出前)质量/g			
称量瓶＋样品(倾出后)质量/g			
样品质量/g			
V_{NaOH}(始)/mL			
V_{NaOH}(终)/mL			
V_{NaOH}/mL			
$w_A/(\%)$			
$\overline{w}_A/(\%)$			
相对平均偏差/(%)			

六、注意事项

(1) 多元弱酸滴定,近终点时需不停地摇动。

(2) 终点判断的经验:当加入 1 滴 NaOH 标准溶液后,溶液由无色变为红色(较深),经摇 30 s 褪去,可再加半滴,即可至终点。当加入 1 滴 NaOH 标准溶液后,溶液由无色变为红色(粉红),经振荡 30 s 褪去,可再加 1 滴,即可至终点。

七、思考题

(1) 为什么草酸或枸橼酸可用 NaOH 标准溶液直接滴定?

(2) 操作步骤中,每份样品重约 0.14 g,是怎样求得的? 现一份样品倒出过多,其质量达 0.169 4 g,是否需要重称?

实验 7　铵盐中氮含量的测定(甲醛法)

一、目的要求

(1) 掌握甲醛法测定铵盐中氮含量的基本原理。

(2) 了解当甲基红和酚酞混合时,溶液颜色随 pH 值变化而变化的情况。

二、基本原理

铵盐 NH_4Cl 和 $(NH_4)_2SO_4$ 是常用的氮肥,属强酸弱碱盐,由于 NH_4^+ 的酸性太弱($K_a = 5.6 \times 10^{-10}$),在水溶液中不能用碱标准溶液直接准确滴定。

在生产和实验室中,常采用甲醛法测定铵盐中氮的含量,利用甲醛与 NH_4^+ 作用定量生成 H^+ 和质子化的六亚甲基四胺($K_a = 7.1 \times 10^{-6}$),可以在水溶液中,以酚酞为指示剂,用 NaOH 标准溶液直接滴定。NH_4^+ 与甲醛的反应式及滴定反应式分别为

$$4NH_4^+ + 6HCHO = (CH_2)_6N_4H^+ + 3H^+ + 6H_2O$$
$$(CH_2)_6N_4H^+ + 3H^+ + 4OH^- = (CH_2)_6N_4 + 4H_2O$$

铵盐中氮含量计算公式为

$$w_N/(\%) = \frac{c_{NaOH}V_{NaOH} \times 14.01}{m_s \times 1\,000} \times 100$$

三、仪器与试剂

(1) 分析天平(0.1 mg);碱式滴定管;锥形瓶;容量瓶;移液管。

(2) 0.1 mol/L NaOH 标准溶液(同实验 5)。

(3) 0.2%酚酞指示剂(同实验 4);0.1%甲基红指示剂(同实验 4)。

(4) 40%甲醛溶液。

(5) 样品:铵盐。

四、实验步骤

(1) 制备中性甲醛溶液。取 40%甲醛溶液 15 mL,加去离子水 15 mL,加 1~2 滴酚酞指

示剂,用 0.1 mol/L NaOH 标准溶液中和至溶液呈微红色(除去甲醛中常含有的甲酸)。

(2) 取铵盐约 0.6 g,精密称定,置于 100 mL 容量瓶,用蒸馏水溶解并定容,精密量取 25 mL,加甲基红指示剂 1~2 滴,用 0.1 mol/L NaOH 标准溶液中和至溶液恰转为橙黄色(除去铵盐样品中的游离酸);加入中性甲醛溶液 8 mL,酚酞指示剂 1~2 滴,摇匀,静置 1 min 待反应完全,用 0.1 mol/L NaOH 标准溶液滴定至溶液呈橙色(30 s 不褪色),即为终点。平行测定三次,计算试样中的氮含量及相对平均偏差。

五、数据记录及处理

(略)

六、思考题

(1) 为什么中和甲醛中的甲酸时以酚酞作指示剂,而中和铵盐试样中的游离酸时则用甲基红作指示剂?由于酚酞和甲基红的同时存在,滴定过程中溶液的颜色将如何变化?

(2) NH_4HCO_3 中氮含量能否用甲醛法测定?有机氮化合物中氮含量测定常用什么方法?

实验 8 0.1 mol/L HCl 标准溶液的标定及工业纯碱总碱量的测定

一、目的要求

(1) 掌握配制标准溶液和用基准物质标定酸标准溶液浓度的方法。
(2) 掌握酸式滴定管滴定操作和滴定终点的判断。
(3) 掌握工业纯碱中总碱度的测定原理和方法。
(4) 掌握定量转移操作的基本要点。

二、基本原理

市售盐酸为无色 HCl 水溶液,HCl 的质量分数为 36%~38%,相对密度约为 1.18,易挥发,不符合直接法配制标准溶液的要求;标定 HCl 标准溶液的基准物质有无水碳酸钠 (Na_2CO_3)和硼砂($Na_2B_4O_7 \cdot 10H_2O$)。本实验选用无水碳酸钠为基准物质,用甲基红-溴甲酚绿混合指示剂指示终点(变色点 pH=5.1),终点颜色是由绿色转变为暗紫色。标定反应式为

$$2HCl + Na_2CO_3 \Longrightarrow 2NaCl + H_2O + CO_2 \uparrow$$

计算公式为

$$c_{HCl} = \frac{2m_{Na_2CO_3} \times 1\,000}{M_{Na_2CO_3} \times V_{HCl}} \qquad (M_{Na_2CO_3} = 105.99 \text{ g/mol})$$

纯碱俗称苏打,工业纯碱的主要成分是碳酸钠,可能含有少量的 NaCl、Na_2SO_4、NaOH 或 $NaHCO_3$ 等。工业纯碱的质量用总碱量(以 Na_2CO_3 或 Na_2O 的质量分数表示)衡量,常用酸碱滴定法测定,本实验用 HCl 标准溶液滴定,反应同标定反应。计算公式为

$$w_{Na_2O}/(\%) = \frac{c_{HCl}V_{HCl} \times 61.98}{m_s \times 2\,000} \times 100$$

三、仪器与试剂

(1) 分析天平(0.1 mg);称量瓶;25 mL 酸式滴定管;250 mL 锥形瓶。

（2）无水碳酸钠（AR）（270～300 ℃干燥至恒重）；盐酸（AR）。

（3）甲基红-溴甲酚绿混合指示剂：取 0.1％甲基红乙醇溶液 20 mL 与 0.2％溴甲酚绿乙醇溶液 30 mL，混匀，即得。

（4）样品：工业纯碱。

四、实验步骤

（1）0.1 mol/L HCl 溶液的配制：量取盐酸 9.0 mL，加蒸馏水定容至 1 000 mL，摇匀。

（2）0.1 mol/L HCl 溶液的标定：取 270～300 ℃干燥至恒重的无水碳酸钠约 0.15 g（±10％），精密称定，置于 250 mL 锥形瓶中，加蒸馏水 50 mL 使溶解，加甲基红-溴甲酚绿混合指示剂 10 滴。用 0.1 mol/L HCl 溶液滴定至溶液由绿色转变为紫红色时，煮沸 2 min，冷却至室温，继续滴定由绿色变为暗紫色，即为滴定终点。平行测定三次，计算 HCl 标准溶液的浓度，三次测定的相对平均偏差应小于 0.2％。

（3）取工业纯碱样品约 1.5 g，精密称定，置于小烧杯中，加少量水使其溶解（可加热），全部转移至 250 mL 容量瓶中，用蒸馏水稀释至刻度，摇匀。准确量取 25.00 mL 于 250 mL 锥形瓶中，余下操作同标定，记录滴定体积，计算总碱量（以 Na_2O 的质量分数计），平行测定三次。

五、数据记录及处理

（略）

六、注意事项

（1）溶液中 CO_2 过多，酸度增大，会使终点出现过早，在滴定快到终点时应剧烈摇动溶液以加快 H_2CO_3 的分解并加热除去过量的 CO_2，冷却后再滴定。

（2）计算样品总碱量时注意滴定的量是称样量的 1/10。

七、思考题

（1）称量基准 Na_2CO_3 时，若吸收了水分，对标定结果有何影响？

（2）滴定管未用 HCl 溶液润洗，将对标定结果有何影响？

（3）本实验是否可选用酚酞指示剂？说明原因。

实验 9　0.1 mol/L 高氯酸标准溶液的配制与标定

一、目的要求

（1）掌握高氯酸标准溶液的配制与标定方法。

（2）掌握非水溶液酸碱滴定的原理、特点和操作条件。

二、基本原理

冰醋酸是滴定弱酸常用的溶剂。常见的酸在冰醋酸中以高氯酸的酸性最强，形成的产物易溶于有机溶剂，所以在非水滴定中常用高氯酸做标准溶液。邻苯二甲酸氢钾在冰醋酸中显碱性，可作为标定高氯酸标准溶液的基准物质，采用结晶紫为指示剂，用高氯酸的冰醋酸溶液

滴定至溶液颜色由紫色变为蓝色,即为终点。滴定反应式为

由于冰醋酸的膨胀系数较大,高氯酸标准溶液的浓度随温度的变化而改变,若测定与标定时温度超过 10 ℃,应重新标定。若未超过 10 ℃,可将高氯酸的浓度加以校正,校正计算式为

$$c_1 = \frac{c_0}{1 + 0.001\,1(t_1 - t_0)}$$

标定时同时做空白实验。高氯酸的浓度计算公式为

$$c_{HClO_4} = \frac{m_{KHC_8H_4O_4} \times 1\,000}{M_{KHC_8H_4O_4}(V_{HClO_4} - V_{空})} \qquad (M_{KHC_8H_4O_4} = 204.2\ \text{g/mol})$$

三、仪器与试剂

(1) 分析天平(0.1 mg);称量瓶;25 mL 酸式滴定管;250 mL 锥形瓶。

(2) 邻苯二甲酸氢钾基准试剂(105～110 ℃干燥至恒重);高氯酸(AR,70%～72%)。

(3) 0.5%结晶紫溶液:取 0.5 g 结晶紫,加 100 mL 无水冰醋酸溶解。

(4) 冰醋酸(AR);醋酸酐(AR)。

四、实验步骤

(1) 无水冰醋酸的配制:取一级冰醋酸(99.8%,相对密度 1.050)500 mL 加醋酸酐 5.68 mL,或取二级冰醋酸(99%,相对密度 1.053)500 mL 加醋酸酐 27.43 mL,振摇。

(2) 0.1 mol/L HClO$_4$-HAc 标准溶液的配制:取高氯酸约 8.5 mL,缓缓加入无水冰醋酸 750 mL,混合均匀,缓缓滴加醋酸酐 24 mL,边加边摇,加完后再振摇均匀,冷至室温,加适量无水冰醋酸定容至 1 000 mL,摇匀,于棕色瓶放置 24 h 后标定浓度。

(3) 0.1 mol/L HClO$_4$-HAc 标准溶液的标定:取在 105 ℃干燥至恒重的邻苯二甲酸氢钾约 0.3 g,精密称定,置于干燥锥形瓶中,加冰醋酸 20 mL 使溶解,加结晶紫指示剂 1 滴,用待标液缓缓滴定至由紫色变为蓝色,即为终点,另取冰醋酸 20 mL,按上述操作进行空白实验校正。

五、数据记录及处理

(略)

六、注意事项

(1) 配制高氯酸标准溶液时,不能将醋酸酐直接加入高氯酸中,应先用冰醋酸将高氯酸稀释后再缓缓加入醋酸酐。

(2) 配好的标准溶液应储存在棕色瓶中密闭保存。

七、思考题

(1) 为什么邻苯二甲酸氢钾既可标定碱,又可标定酸?

(2) 为什么在标定和滴定时要做空白实验?

(3) 在非水酸碱滴定中,若容器、试剂含有微量水分,对测定结果有什么影响?

实验 10　枸橼酸钠的含量测定

一、目的要求

(1) 掌握用非水滴定法测定枸橼酸钠含量的原理和方法。

(2) 掌握结晶紫指示剂的滴定终点。

二、基本原理

枸橼酸钠为有机酸盐,因枸橼酸的酸性较强,生成的盐碱性太弱,不能用酸直接滴定,因此通常在非水的介质醋酸中,提高其表面碱度,用高氯酸直接滴定。反应式为

$$C_6H_5O_7Na_3 + 3HClO_4 \longrightarrow C_6H_5O_7H_3 + 3NaClO_4$$

计算公式为

$$w_{C_6H_5O_7Na_3 \cdot 2H_2O}/(\%) = \frac{c_{HClO_4} \times (V_{HClO_4} - V_{0,HClO_4}) \times M_{C_6H_5O_7Na_3 \cdot 2H_2O}}{m_s \times 3\,000} \times 100$$

$$(M_{C_6H_5O_7Na_3 \cdot 2H_2O} = 294.1 \text{ g/mol})$$

三、仪器与试剂

(1) 分析天平(0.1 mg);称量瓶;25 mL 酸式滴定管;250 mL 锥形瓶。

(2) 0.1 mol/L 高氯酸标准溶液(同实验 9)。

(3) 0.5% 结晶紫溶液(同实验 9);冰醋酸(AR);醋酸酐(AR)。

(4) 样品:枸橼酸钠。

四、实验步骤

取枸橼酸钠约 0.1 g,精密称定,加冰醋酸 20 mL 和醋酸酐 2 mL,加热溶解后,放冷,加结晶紫指示剂 1 滴,用 0.1 mol/L 高氯酸标准溶液滴定到溶液为蓝绿色,并将滴定结果用空白试验校正。平行测定三次。

五、数据记录及处理

(略)

六、注意事项

(1) 所用的玻璃仪器,如滴定管、锥形瓶等均要绝对干燥。

(2) 终点颜色从紫红色到蓝紫色至纯蓝色最后为蓝绿色,从纯蓝色到蓝绿色须注意颜色的观察,且所需标准溶液的量要接近。

(3) 非水滴定法必须做空白实验进行校正。

(4) 要注意温度对高氯酸标准溶液浓度的影响,在温度变化时应对浓度进行校正。

七、思考题

(1) 加入醋酸酐的目的是什么?

(2) 样品中的结晶水是否将消耗标准溶液？为什么？

(3) 不同强度的有机酸或有机碱,在非水滴定中应如何选择溶剂？

实验 11　银量法标准溶液的配制和标定

一、目的要求

(1) 掌握 $AgNO_3$ 标准溶液、NH_4SCN 标准溶液的配制、标定原理和方法。

(2) 熟悉银量法指示剂种类、变色原理和吸附指示剂法滴定终点的判断。

二、基本原理

1. 标定 $AgNO_3$ 标准溶液

选用基准物 NaCl 标定 $AgNO_3$ 标准溶液,采用吸附指示剂法,以荧光黄(HFIn)作指示剂,用 $AgNO_3$ 标准溶液滴定 NaCl 溶液,终点时混浊液由黄绿色变为微红色。加入糊精增大表面积,保护胶体,防止沉淀聚沉,反应条件为 pH=7~10。反应式为

指示剂解离：$HFIn \longrightarrow H^+ + FIn^-$(黄绿色)

终点前,Cl^- 过量：$AgCl \cdot Cl^- | M^+$

终点时,Ag^+ 稍过量：$AgCl \cdot Ag^+ + FIn^-$(黄绿色)$\longrightarrow AgCl \cdot Ag^+ | FIn^-$(微红色)

计算公式为
$$c_{AgNO_3} = \frac{m_{NaCl}}{M_{NaCl} V_{AgNO_3}} \times 1\,000 \qquad (M_{NaCl} = 58.44 \text{ g/mol})$$

2. 标定 NH_4SCN 标准溶液

选用比较法标定 NH_4SCN 标准溶液的浓度,以铁铵矾作指示剂,用 NH_4SCN 标准溶液滴定已知浓度的 $AgNO_3$ 标准溶液。反应在酸性条件下进行。反应式为

终点前　　　　　　　$Ag^+ + SCN^- \longrightarrow AgSCN \downarrow$(白色)

终点时　　　　　　　$Fe^{3+} + SCN^- \longrightarrow Fe(SCN)^{2+}$(红色)

计算公式为
$$c_{NH_4SCN} = \frac{c_{AgNO_3} V_{AgNO_3}}{V_{NH_4SCN}}$$

三、仪器与试剂

(1) 分析天平(0.1 mg);称量瓶;25 mL 酸式滴定管;250 mL 锥形瓶。

(2) $AgNO_3$(AR);NaCl(基准试剂);NH_4SCN(AR)。

(3) 0.1% 荧光黄指示剂:取荧光黄 0.1 g,加乙醇 100 mL 溶解。

(4) 2% 糊精溶液:取糊精 2 g,加水 100 mL。

(5) 40% 铁铵矾指示剂:称取 40 g $NH_4Fe(SO_4)_2 \cdot 12H_2O$,用 1 mol/L HNO_3 溶液 100 mL 溶解。

(6) 6 mol/L HNO_3 溶液。

四、实验步骤

(1) $AgNO_3$ 标准溶液(0.1 mol/L)配制:称取 $AgNO_3$ 17.5 g 置于烧杯中,用无 Cl^- 的蒸馏水溶解,然后转入棕色试剂瓶中,稀释至 1\,000 mL,摇匀,密塞储存。

（2）NH₄SCN 标准溶液（0.1 mol/L）配制：称取 NH₄SCN 8 g 置于烧杯中，加适量蒸馏水溶解，然后转入试剂瓶中，加蒸馏水稀释至 1 000 mL，摇匀。

（3）0.1 mol/L AgNO₃ 标准溶液的标定：取在 270 ℃ 干燥至恒重的基准物质 NaCl 约 0.13 g，精密称定，置于 250 mL 锥形瓶中，加蒸馏水 50 mL 溶解后，再加糊精溶液 5 mL、荧光黄指示剂 8 滴，用 0.1 mol/L AgNO₃ 标准溶液滴定至混浊液由黄绿色转变为微红色，即为终点。记录滴定体积，计算 AgNO₃ 标准溶液的浓度。

（4）0.1 mol/L NH₄SCN 标准溶液的标定：精密量取 0.1 mol/L AgNO₃ 标准溶液 20.00 mL，置于 250 mL 锥形瓶中，加蒸馏水 20 mL，6 mol/L HNO₃ 溶液 5 mL 与铁铵矾指示剂 2 mL，用 0.1 mol/L NH₄SCN 标准溶液滴定，当滴定至溶液呈现微红色，强烈振摇后仍不褪色时，即为终点。记录读数，计算 NH₄SCN 标准溶液的浓度。

五、数据记录及处理

（略）

六、注意事项

（1）AgNO₃ 标准溶液应装入棕色酸式滴定管中，因为 AgNO₃ 具有氧化性。

（2）加入 HNO₃ 是为阻止 Fe^{3+} 水解，所用 HNO₃ 应不含有氮的低价氧化物，因为它能与 SCN^- 或 Fe^{3+} 反应生成红色物质（如 NOSCN、$Fe(NO)^{3+}$）影响终点观察。

七、思考题

（1）按指示终点的方法不同，标定 AgNO₃ 标准溶液有几种方法？条件分别是什么？

（2）配制 AgNO₃ 标准溶液为什么用不含 Cl^- 的蒸馏水？如何检查有无 Cl^-？

（3）铁铵矾法中，能否用 $Fe(NO_3)_3$ 或 $FeCl_3$ 作指示剂？

实验 12　溴化钾的含量测定（Mohr 法）

一、目的要求

掌握铬酸钾指示剂的变色原理和使用方法。

二、基本原理

KBr 是一种镇静剂，其含量测定可采用沉淀滴定法。本实验采用铬酸钾法测定，以硝酸银为滴定剂，K_2CrO_4 为指示剂，在中性或弱碱性溶液中测定 KBr 的含量。

终点前　　　　　　　　$Ag^+ + Br^- \longrightarrow AgBr \downarrow$（淡黄色）

终点时　　　　　　$2Ag^+ + CrO_4^{2-} \longrightarrow Ag_2CrO_4 \downarrow$（砖红色）

因为 $S_{AgBr} < S_{Ag_2CrO_4}$，根据分步沉淀原理，先生成 AgBr 沉淀，当达到计量点时，稍过量的 Ag^+ 与 CrO_4^{2-} 生成砖红色 Ag_2CrO_4 沉淀。

计算公式为

$$w_{KBr}/(\%) = \frac{c_{AgNO_3} V_{AgNO_3} M_{KBr}}{m_s \times 1\ 000} \times 100 \qquad (M_{KBr} = 119.0\ \text{g/mol})$$

三、仪器与试剂

(1) 分析天平(0.1 mg);25 mL 酸式滴定管;250 mL 锥形瓶;100 mL 容量瓶;25 mL 移液管。

(2) 0.1 mol/L $AgNO_3$ 标准溶液(同实验 11)。

(3) 5% K_2CrO_4 指示剂:取铬酸钾 5 g,加少量蒸馏水溶解,稀释至 100 mL,摇匀。

(4) 样品:KBr 试样。

四、实验步骤

取 KBr 试样约 0.25 g,精密称定,置于锥形瓶中,加蒸馏水 50 mL 使其溶解,加 K_2CrO_4 指示剂 10 滴,在不断振摇下,用 0.1 mol/L $AgNO_3$ 标准溶液滴定至混浊液由淡黄色转变为橙红色,即为终点。记录读数,计算 KBr 的含量。

五、数据记录及处理

(略)

六、注意事项

(1) 因为 AgBr 沉淀易吸附 Br^-,使溶液中 Br^- 浓度降低,终点提前出现,所以在滴定过程中应充分振摇,使被吸附的 Br^- 释放出来。

(2) 该实验一般应做空白实验,即用 50 mL 蒸馏水加 10 滴 K_2CrO_4 指示剂,用 $AgNO_3$ 标准溶液滴定至橙红色终点,记下校正值 $AgNO_3$ 的体积,此值应在 0.05 mL 以内。由上面所需 $AgNO_3$ 体积减去校正值,即为用于滴定 AgBr 时真正所消耗 $AgNO_3$ 的量。

七、思考题

按指示终点的方法不同,溴化钾的含量测定有几种方法? 条件分别是什么?

实验 13 0.01 mol/L EDTA 标准溶液的配制与标定

一、目的要求

(1) 掌握 EDTA 标准溶液的配制和标定方法。

(2) 了解金属指示剂的变色原理及注意事项;了解配位滴定的特点。

(3) 学会使用铬黑 T 指示剂判断终点。

二、基本原理

EDTA 标准溶液常用乙二胺四乙酸二钠盐配制,乙二胺四乙酸二钠是白色结晶粉末,因不易得纯品,标准溶液用间接法配制。以氧化锌基准物质标定其浓度,在 pH=10 的条件下用铬黑 T 作指示剂,溶液由紫色变为纯蓝色为终点。

滴定前　　　　　　$Zn^{2+} + HIn^{2-}$(纯蓝色)$\longrightarrow ZnIn^-$(紫红色)$+ H^+$

滴定中　　　　　　　　$Zn^{2+} + H_2Y^{2-} \longrightarrow ZnY^{2-} + 2H^+$

终点时　　$ZnIn^-$(紫红色)$+ H_2Y^{2-} \longrightarrow ZnY^{2-} + HIn^{2-}$(纯蓝色)$+ H^+$

计算公式为　　　　　$$c_{EDTA}=\frac{m_{ZnO}\times1\,000}{V_{EDTA}\times M_{ZnO}}\qquad(M_{ZnO}=81.38\text{ g/mol})$$

三、仪器与试剂

(1) 分析天平(0.1 mg);称量瓶;25 mL 酸式滴定管;容量瓶;移液管;250 mL 锥形瓶。

(2) ZnO(基准试剂,800 ℃灼烧至恒重);乙二胺四乙酸二钠(AR)。

(3) 0.5%铬黑 T 指示剂:取铬黑 T 指示剂 0.1 g,溶于 15 mL 三乙醇胺,待完全溶解后,加 5 mL 无水乙醇(此溶液可保存数月)。

(4) $NH_3\cdot H_2O$-NH_4Cl 缓冲液(pH=10):取氯化铵 20 g,溶于少量蒸馏水中,加入浓氨水 100 mL,用水稀释至 1 000 mL。

(5) 氨试液:取浓氨水 400 mL,加水稀释至 1 000 mL。

(6) 4 mol/L HCl 溶液:取浓盐酸 300 mL,加水稀释至 900 mL。

(7) 0.2%甲基红指示剂:称取甲基红 0.2 g,加乙醇 100 mL 溶解。

四、实验步骤

(1) 0.01 mol/L EDTA 溶液的配制:取 EDTA-2Na·$2H_2O$ 约 3.8 g,加 300 mL 蒸馏水,超声溶解,稀释至 1 000 mL(长期放置时,应储存于聚乙烯瓶中)。

(2) 0.01 mol/L EDTA 溶液的标定:取已在 800 ℃灼烧至恒重的基准物 ZnO 约 0.18 g,精密称定。加 4 mol/L HCl 溶液 10 mL 使其溶解后,全部转移至 100 mL 容量瓶中,加蒸馏水稀释至刻度,摇匀。精密吸取 10.0 mL 于 250 mL 锥形瓶中,加甲基红指示剂 1 滴,滴加氨试液使溶液呈微黄色,加蒸馏水 25 mL,$NH_3\cdot H_2O$-NH_4Cl 缓冲液 10 mL 和铬黑 T 指示剂 1~2 滴,用 0.01 mol/L EDTA 溶液滴定至溶液由紫红色变为纯蓝色,即为终点。平行测定三次。

五、数据记录及处理

(略)

六、注意事项

(1) 储存 EDTA 溶液应选用聚乙烯瓶或硬质玻璃瓶,以免 EDTA 与玻璃中金属离子作用。

(2) 甲基红指示剂只需加 1 滴,如多加了几滴,在滴加氨试液后溶液呈较深的黄色,致使终点时颜色发绿,不易判断终点。

(3) 滴加氨试液至溶液呈微黄色,应边加边摇,加多了会生成 $Zn(OH)_2$ 沉淀,此时应用稀 HCl 溶液调回至沉淀刚溶解。

(4) 配位反应为分子反应,反应速度不如离子反应快,近终点时,滴定速度不宜太快。

(5) 计算浓度时注意滴定的量是称样量的 1/10。

七、思考题

(1) 酸度对配位滴定有何影响?为什么要加 $NH_3\cdot H_2O$-NH_4Cl 缓冲液?

(2) 选择金属指示剂的原则是什么?

实验 14　水的硬度测定

一、目的要求

（1）了解水的硬度的测定意义和常用的硬度表示方法。

（2）掌握 EDTA 法测定水的硬度的原理和方法。

（3）进一步掌握铬黑 T 指示剂的应用，了解金属指示剂的特点。

二、基本原理

常水（自来水、河水、井水等）中含有较多的钙盐和镁盐，所以常水称为硬水，其中钙、镁离子含量以硬度表示。水的总硬度包括暂时硬度和永久硬度。

暂时硬度：水中含有钙、镁的酸式碳酸盐，遇热即成碳酸盐沉淀而失去其硬性。反应式为

$$Ca(HCO_3)_2 \xrightarrow{\triangle} CaCO_3 \downarrow + H_2O + CO_2 \uparrow$$

$$Mg(HCO_3)_2 \longrightarrow MgCO_3 \downarrow (不完全) + H_2O + CO_2 \uparrow$$

$$\xrightarrow{+H_2O} Mg(OH)_2 \downarrow + CO_2 \uparrow$$

永久硬度：水中含有钙、镁的硫酸盐、氯化物、硝酸盐，在加热时也不沉淀（但在锅炉运行温度下，溶解度低的可析出而成锅垢）。

水中钙、镁离子的含量可用 EDTA 法测定。在 pH＝10 时，以铬黑 T 为指示剂，用 0.01 mol/L EDTA 标准溶液直接测定水中的 Ca^{2+}、Mg^{2+} 含量。

滴定前　　　　　$Ca^{2+} + HIn^{2-}$（纯蓝色）$\longrightarrow CaIn^-$（紫红色）$+ H^+$

　　　　　　　　$Mg^{2+} + HIn^{2-}$（纯蓝色）$\longrightarrow MgIn^-$（紫红色）$+ H^+$

终点时　　　$MgIn^-$（紫红色）$+ H_2Y^{2-} \longrightarrow MgY^{2-} + HIn^{2-}$（纯蓝色）$+ H^+$

水的硬度的表示方法有多种，本书采用我国目前常用的表示方法，以度（°）计，1 硬度单位表示十万份水中含 1 份 CaO。

计算公式为　　　　$$硬度(°) = \frac{c_{EDTA} V_{EDTA} M_{CaO}}{V_水 \times 1\ 000} \times 10^5 \qquad (M_{CaO} = 56.08\ g/mol)$$

三、仪器与试剂

（1）25 mL 酸式滴定管；100 mL 容量瓶；250 mL 锥形瓶。

（2）0.01 mol/L EDTA 标准溶液（同实验 13）。

（3）0.5％铬黑 T 指示剂（同实验 13）；$NH_3 \cdot H_2O$-NH_4Cl 缓冲液（pH＝10）（同实验 13）。

（4）样品：自来水。

四、实验步骤

精密量取自来水 100.0 mL（可用容量瓶取）于 250 mL 锥形瓶中，加入 $NH_3 \cdot H_2O$-NH_4Cl 缓冲液（pH＝10）5 mL，摇匀，再加入 0.5％铬黑 T 指示剂 1～2 滴，摇匀，用 0.01 mol/L EDTA 标准溶液滴定至溶液由紫红色变为纯蓝色，即为终点。平行测定三次。

五、数据记录及处理

（略）

六、注意事项

（1）滴定时，因反应速度较慢，在接近终点时，应缓慢加入标准溶液，并充分摇匀。在氨性溶液中，当 $Ca(HCO_3)_2$ 含量高时，可能会析出 $CaCO_3$ 沉淀，使终点颜色不敏锐，可于滴定前先将溶液酸化，加 2～3 滴 4 mol/L HCl 溶液，煮沸溶液除去 CO_2，注意 HCl 不宜多加，以免影响滴定的 pH 值。

（2）其他水质硬度测定时可根据具体情况适当稀释，如测定海水中镁含量时可稀释 40 倍。

七、思考题

（1）什么叫水的硬度？
（2）钙、镁含量测定除用本实验方法外还可以用哪些方法？

实验 15　0.01 mol/L $ZnSO_4$ 标准溶液的配制与标定

一、目的要求

（1）掌握 $ZnSO_4$ 标准溶液的配制和标定方法。
（2）了解金属指示剂变色原理及使用注意事项。

二、基本原理

$ZnSO_4$ 标准溶液常用间接法配制，将 $ZnSO_4 \cdot 7H_2O$ 溶于水，配制成所需的近似浓度的溶液，再用 EDTA 标准溶液标定。以铬黑 T 为指示剂，滴定条件为 pH＝10，终点由紫红色变为纯蓝色。滴定过程中反应式如下：

滴定前　　　　　$Zn^{2+} + HIn^{2-}（纯蓝色）\longrightarrow ZnIn^-（紫红色）+ H^+$

滴定中　　　　　　$Zn^{2+} + H_2Y^{2-} \longrightarrow ZnY^{2-} + 2H^+$

终点时　　$ZnIn^-（紫红色）+ H_2Y^{2-} \longrightarrow ZnY^{2-} + HIn^{2-}（纯蓝色）+ H^+$

计算公式为　　　　　　　　　　$c_{ZnSO_4} = \dfrac{c_{EDTA} V_{EDTA}}{V_{ZnSO_4}}$

三、仪器与试剂

（1）25 mL 酸式滴定管；20 mL 移液管；250 mL 锥形瓶。
（2）$ZnSO_4 \cdot 7H_2O$(AR)；0.01 mol/L EDTA 标准溶液（同实验 13）。
（3）铬黑 T 指示剂。
（4）$NH_3 \cdot H_2O$-NH_4Cl 缓冲液（pH＝10）、氨试液、甲基红指示剂（同实验 13）。

四、实验步骤

（1）0.01 mol/L $ZnSO_4$ 标准溶液的配制：粗称 $ZnSO_4 \cdot 7H_2O$ 3.0 g，加稀盐酸 40 mL，再

加蒸馏水 1 000 mL,溶解,置试剂瓶中摇匀。

(2) 0.01 mol/L ZnSO₄ 标准溶液的标定:精密移取 ZnSO₄ 溶液 20.00 mL,置于 250 mL 锥形瓶中,加甲基红指示剂 1 滴,滴加氨试液至溶液呈微黄色,再加蒸馏水 25 mL,NH₃·H₂O-NH₄Cl 缓冲液 10 mL,铬黑 T 指示剂 1～2 滴,用 0.01 mol/L EDTA 标准溶液滴定至溶液自紫红色转变为纯蓝色,即为终点。平行测定三次。

五、数据记录及处理

(略)

六、思考题

标定 ZnSO₄ 的操作步骤中,甲基红指示剂、氨试液和 NH₃·H₂O-NH₄Cl 缓冲液的作用分别是什么?

实验 16　白矾中铝含量的测定

一、目的要求

(1) 掌握配位滴定法中返滴定法的原理、操作及计算。
(2) 了解 EDTA 测定铝盐含量的特点。
(3) 掌握用二甲酚橙指示剂判断终点。

二、基本原理

白矾主要组分为 $KAl(SO_4)_2 \cdot 12H_2O$,可先测定其组成中铝的含量,再换算成白矾的含量。铝离子能与 EDTA 形成比较稳定的配位化合物,但反应速度较慢,可采用返滴定法,即准确加入过量的 EDTA 标准溶液,待反应完全后,再用 ZnSO₄ 标准溶液滴定剩余的 EDTA。

选用二甲酚橙为指示剂,在 pH<6 时为黄色,计量点后,稍过量的 Zn^{2+} 即与其形成橙色的配合物,指示终点的到达。控制溶液 pH 值在 5～6。滴定过程反应式如下:

$$Al^{3+} + H_2Y^{2-}(过量) \longrightarrow AlY^- + 2H^+$$

$$H_2Y^{2-}(剩余量) + Zn^{2+} \longrightarrow ZnY^{2-} + 2H^+$$

$$Zn^{2+} + XO(黄色) \longrightarrow Zn\text{-}XO(橙色)$$

计算公式为

$$w_A/(\%) = \frac{(c_{EDTA}V_{EDTA} - c_{ZnSO_4}V_{ZnSO_4})M_A}{m_s \times 1\ 000} \times 100$$

$$(M_A = 474.4\ g/mol, A 为 KAl(SO_4)_2 \cdot 12H_2O)$$

三、仪器与试剂

(1) 分析天平(0.1 mg);25 mL 酸式滴定管;称量瓶;移液管;容量瓶;250 mL 锥形瓶。
(2) 0.01 mol/L EDTA 标准溶液(同实验 13);0.01 mol/L ZnSO₄ 标准溶液(同实验 15)。
(3) 0.2% 二甲酚橙指示剂:取 0.2 g 二甲酚橙,溶于 100 mL 蒸馏水中。

(4) 20％六次甲基四胺(乌洛托品)水溶液:取 20 g 六次甲基四胺,加蒸馏水至 100 mL,混匀。

(5) 样品:白矾。

四、实验步骤

取白矾约 0.3 g,精密称定,置于小烧杯中,加蒸馏水溶解,定量转移至 100 mL 容量瓶中,稀释至刻度。精密移取 25.00 mL 至 250 mL 锥形瓶中,精密加入 0.01 mol/L EDTA 标准溶液 25.00 mL,煮沸 5 min,放冷,加 20％六次甲基四胺溶液 25 mL,0.2％二甲酚橙指示剂 4 滴,用 0.01 mol/L $ZnSO_4$ 标准溶液滴定至溶液由黄色变为橙色。平行测定三次。

五、数据记录及处理

(略)

六、注意事项

(1) 样品溶于水后,会缓慢水解出现混浊现象,在加入过量 EDTA 溶液后,即可溶解,故不影响测定。

(2) 加热可使 Al^{3+} 与 EDTA 配位反应加速,一般在沸水浴中加热 3 min 反应程度可达 99％,为使反应完全,加热 10 min。

(3) 当 pH<6 时,游离二甲酚橙呈黄色,滴定至终点时,微过量的 Zn^{2+} 与部分二甲酚橙配合成紫红色,黄色与紫红色组成橙色。

(4) 在滴定溶液中加入六次甲基四胺控制溶液的酸度(pH=5～6),因 pH<4 时,配合不完全;pH>7 时,生成 $Al(OH)_3$ 沉淀。

(5) 计算含量时注意滴定量是称样量的 1/4。

七、思考题

(1) 测定铝盐含量为什么必须采用返滴定法? 能用铬黑 T 作指示剂吗?

(2) 二甲酚橙是如何指示终点的? 为什么只能在酸性溶液中滴定? 还可采用何种试剂控制酸度? 六次甲基四胺在滴定中起什么作用?

实验 17　溶液中铋和铅的连续测定

一、目的要求

(1) 了解用控制酸度的方法进行多种金属离子连续配位滴定的原理及方法。

(2) 了解二甲酚橙指示剂的应用。

(3) 了解用 EDTA 进行连续滴定的方法。

二、基本原理

混合离子的配位滴定常用控制酸度法、掩蔽法进行,可根据有关副反应系数原理进行计算,判断是否可被分别滴定。

Bi^{3+}、Pb^{2+} 均能与 EDTA 形成稳定的 1:1 配合物,lgK 分别为 27.94 和 18.04。由于两者的 lgK 相差很大,故可利用控制酸度法,在一份溶液中进行分别滴定。在 pH 值约为 1 时,滴定 Bi^{3+},在 pH 值为 5~6 时滴定 Pb^{2+}。

选用二甲酚橙作指示剂,调 pH 值约为 1,Bi^{3+} 与指示剂的配合物呈紫红色(Pb^{2+} 与指示剂在此条件下不会形成有色配合物),用 EDTA 标准溶液滴定,至溶液由紫红色变为黄色,即为 Bi^{3+} 终点,记录滴定 Bi^{3+} 消耗 EDTA 标准溶液的体积 V_1。

在滴定完 Bi^{3+} 的溶液中,加入醋酸-醋酸铵缓冲液(pH=6.0)调节溶液的 pH 值至 6,此时 Pb^{2+} 与二甲酚橙形成紫红色配合物,溶液重新呈紫红色,然后用 EDTA 标准溶液继续滴定,当溶液由紫红色变为亮黄色,即为 Pb^{2+} 的终点,记录滴定 Pb^{2+} 消耗 EDTA 标准溶液的体积 V_2。

计算含量公式为

$$\rho/(g/L)=\frac{c_{EDTA}V_{EDTA}M_A}{V_s} \qquad (M_{Bi^{3+}}=208.98\ g/mol; M_{Pb^{2+}}=207.2\ g/mol)$$

三、仪器与试剂

(1) 25 mL 酸式滴定管;20 mL 移液管;250 mL 锥形瓶。

(2) 0.01 mol/L EDTA 标准溶液(同实验 13)。

(3) 0.2% 二甲酚橙指示剂(同实验 16);20% 六次甲基四胺水溶液(同实验 16)。

(4) 6 mol/L HNO_3 溶液;氨试液(同实验 13)。

(5) Bi^{3+} 和 Pb^{2+} 混合液:称取 5 g $Bi(NO_3)_3$ 和 3 g $Pb(NO_3)_2$,移入装有 31 mL 6 mol/L HNO_3 溶液的烧杯中,在电炉上微热溶解后,稀释至 1 000 mL。

四、实验步骤

精密量取试液 20 mL 于 250 mL 锥形瓶中,加蒸馏水 15 mL,加入二甲酚橙指示剂 1~2 滴,用 EDTA 标准溶液滴定至溶液由紫红色变为黄色,即为 Bi^{3+} 的终点,记录滴定体积 V_1,然后加入二甲酚橙指示剂 2 滴,滴加氨水(1:1)至黄色变为橙色,加入 20% 六次甲基四胺溶液 15 mL,溶液呈紫红色,继续用 EDTA 标准溶液滴定至溶液恰好由紫红色变为黄色,即为终点,记录滴定体积 V_2。由 V_1 计算 Bi^{3+} 的含量,由 V_2 计算 Pb^{2+} 的含量,以 g/L 表示。

五、思考题

(1) 滴定 Pb^{2+} 前为何要调节 pH 值至 5~6?

(2) Bi^{3+}、Pb^{2+} 连续滴定为什么能用二甲酚橙作指示剂而不能用铬黑 T? 水硬度测定中为什么能用铬黑 T 作指示剂而不用二甲酚橙?

实验 18　0.1 mol/L 硫代硫酸钠标准溶液的配制与标定

一、目的要求

(1) 掌握 $Na_2S_2O_3$ 标准溶液的配制方法和注意事项。

(2) 了解置换碘量法的原理及操作过程,学会使用碘量瓶。

(3) 正确使用淀粉指示液指示终点。

二、基本原理

$Na_2S_2O_3$ 标准溶液通常用 $Na_2S_2O_3 \cdot 5H_2O$ 配制,由于 $Na_2S_2O_3$ 遇酸迅速分解产生 S,配制时若水中含有较多 CO_2,则 pH 值偏低,容易使配得的 $Na_2S_2O_3$ 溶液变混浊。若水中有微生物,也能慢慢分解 $Na_2S_2O_3$,因此配制 $Na_2S_2O_3$ 溶液常用新煮沸放冷的蒸馏水,并加入少量的 Na_2CO_3,以防止 $Na_2S_2O_3$ 分解。

标定 $Na_2S_2O_3$ 可用 $K_2Cr_2O_7$、$KBrO_3$、KIO_3、$KMnO_4$ 等氧化剂,其中,使用 $K_2Cr_2O_7$ 最方便。采用置换滴定法,先使 $K_2Cr_2O_7$ 与过量的 KI 作用,再用待标定的 $Na_2S_2O_3$ 溶液滴定析出的 I_2,第一步反应为

$$Cr_2O_7^{2-} + 14H^+ + 6I^- \longrightarrow 3I_2 + 2Cr^{3+} + 7H_2O$$

酸度较低时,反应较慢,酸度太高则 KI 被空气氧化成 I_2,故酸度应控制在 0.6 mol/L 左右,避光放置 10 min,反应才能定量完成。第二步反应为

$$I_2 + 2S_2O_3^{2-} \longrightarrow 2I^- + S_4O_6^{2-}$$

第一步反应析出的 I_2 用 $S_2O_3^{2-}$ 溶液滴定,用淀粉溶液作指示剂,以蓝色消失为终点。由于开始滴定时 I_2 较多,若此时加入淀粉指示剂,则 I_2 被淀粉吸附过牢,$Na_2S_2O_3$ 不易将 I_2 完全夺出,难以观察终点,因此必须在近终点时加入淀粉指示剂。

$Na_2S_2O_3$ 与 I_2 的反应只能在中性或弱碱性溶液中进行,在碱性溶液中发生副反应,反应式为

$$S_2O_3^{2-} + 4I_2 + 10OH^- \longrightarrow 2SO_4^{2-} + 8I^- + 5H_2O$$

而在酸性溶液中 $Na_2S_2O_3$ 又易分解,反应式为

$$S_2O_3^{2-} + 2H^+ \longrightarrow S\downarrow + SO_2\uparrow + H_2O$$

因此在用 $Na_2S_2O_3$ 溶液滴定前应将溶液稀释。用水稀释溶液除降低酸度外,还可避免溶液中 Cr^{3+} 颜色太深所致终点判断偏差。计算公式为

$$c_{Na_2S_2O_3} = \frac{6 \times m_{K_2Cr_2O_7} \times 1\,000}{V_{Na_2S_2O_3} \times M_{K_2Cr_2O_7}} \qquad (M_{K_2Cr_2O_7} = 294.2 \text{ g/mol})$$

三、仪器与试剂

(1) 分析天平(0.1 mg);25 mL 酸式滴定管;称量瓶;250 mL 碘量瓶。

(2) $Na_2S_2O_3 \cdot 5H_2O$(AR);$K_2Cr_2O_7$(基准试剂)。

(3) Na_2CO_3(AR);KI(AR);HCl 溶液(4 mol/L)。

(4) 0.5% 淀粉溶液:取可溶性淀粉 0.5 g,加水 5 mL 搅匀后,缓缓滴入 100 mL 沸水中,随加随搅拌。继续煮沸 2 min,放冷,倾取上层清液即得。用时新鲜配制,不能放置过久。

四、实验步骤

(1) $Na_2S_2O_3$ 溶液的配制:在 500 mL 新煮沸并冷却的蒸馏水中加入 Na_2CO_3 约 0.1 g,溶解后,加入 $Na_2S_2O_3 \cdot 5H_2O$ 13 g,充分混合溶解后倒入棕色瓶中放置一周再标定。

(2) 溶液的标定:取在 120 ℃ 干燥至恒重的基准 $K_2Cr_2O_7$ 约 0.12 g,精密称定,置于碘量瓶中,加蒸馏水 25 mL 使之溶解,加入 KI 2 g,溶解后加蒸馏水 25 mL,HCl 溶液 5 mL,密塞、摇匀、水封,暗处放置 10 min,用 50 mL 蒸馏水稀释,用 $Na_2S_2O_3$ 溶液滴定至近终点(淡黄绿色)时,加淀粉指示液 2 mL,继续滴定至蓝色消失而显亮绿色,即为终点。平行测定三次。

五、数据记录及处理

（略）

六、注意事项

（1）操作条件对置换碘量法的准确度影响很大。为防止碘的挥发和碘离子的氧化，必须严格按分析规程谨慎操作。滴定开始时要快滴慢摇，减少碘的挥发。近终点时，要慢滴，加速振摇，减少淀粉对碘的吸附。

（2）用重铬酸钾标定硫代硫酸钠溶液时，滴定完了的溶液放置一定时间可能又变为蓝色。如果放置 5 min 后变蓝，是由于空气中 O_2 的氧化作用所致，可不予考虑；如果很快变蓝，说明 $K_2Cr_2O_7$ 与 KI 的反应没有定量进行完全，必须弃去重做。

（3）酸度对滴定有影响，要求在滴定过程中 HCl 的酸度控制在 $0.2 \sim 0.4$ mol/L，滴定前应用水稀释。

七、思考题

（1）配制 $Na_2S_2O_3$ 溶液时，为什么加 Na_2CO_3？为什么用新煮沸放冷的蒸馏水？能否先将 $Na_2S_2O_3$ 溶于蒸馏水之后再煮沸之？为什么？

（2）称 $K_2Cr_2O_7$、KI，量 H_2O 及 HCl 溶液各用什么容器？

（3）以重铬酸钾标定 $Na_2S_2O_3$ 浓度为何要加 KI？为何要在暗处放置 10 min？滴定前为何要稀释？淀粉指示液为何在接近终点时加入？

实验 19 间接碘量法测定铜含量

一、目的要求

（1）掌握间接碘量法测定铜盐或铜合金中铜含量的原理和方法。
（2）巩固碘量法的操作。

二、基本原理

在弱酸性条件下，Cu^{2+} 可以与过量的 KI 反应，还原为 CuI，析出等量的 I_2，过量的 KI 可使 Cu^{2+} 的还原趋于完全，I^- 作为沉淀剂，可以提高 Cu^{2+}/Cu^+ 的氧化还原电位，有利于反应向右进行，使 Cu^{2+} 定量地还原；过量的 KI 使 I_2 生成 I_3^- 以防止 I_2 的挥发，减少 I_2 的损失。反应式为

$$2Cu^{2+} + 5I^- \longrightarrow 2CuI \downarrow + I_3^-$$

生成 I_2 的量取决于试样中 Cu^{2+} 的含量。析出的 I_2 以淀粉为指示剂，用 $Na_2S_2O_3$ 标准溶液滴定：

$$2S_2O_3^{2-} + I_3^- \longrightarrow S_4O_6^{2-} + 3I^-$$

因 $2Cu^{2+} \longrightarrow I_2 \longrightarrow 2Na_2S_2O_3$，故 $n_{Cu^{2+}} : n_{S_2O_3^{2-}} = 1 : 1$。

将铜盐或铜合金的铜采用适当的溶剂和方法溶解，使其都转变为游离 Cu^{2+} 的形态存在，即可以利用间接碘量法测定铜含量。

$$w_A/(\%)=\frac{c_{Na_2S_2O_3}V_{Na_2S_2O_3}M_A}{m_s\times 1\ 000}\times 100 \qquad (M_{CuSO_4\cdot 5H_2O}=249.71\ g/mol;M_{Cu}=63.55\ g/mol)$$

铜合金不溶于 HCl 溶液,但溶于 HCl 和 H_2O_2 溶液,其反应式如下:

$$Cu+H_2O_2+2HCl \longrightarrow CuCl_2+2H_2O$$

$$2H_2O_2 \longrightarrow 2H_2O+O_2\uparrow$$

过量的 H_2O_2 可通过加热煮沸分解除去,避免对以后测定的干扰。铜矿中常含有 Fe、As、Sb 等金属,通常采用控制酸度法和掩蔽法消除干扰。

三、仪器与试剂

(1) 分析天平(0.1 mg);称量瓶;25 mL 酸式滴定管;250 mL 锥形瓶。

(2) 0.1 mol/L $Na_2S_2O_3$ 标准溶液(同实验 18)。

(3) 20%KI 溶液;10% KSCN 溶液;0.5%淀粉指示液(同实验 18)。

(4) 醋酸(AR,36%~37%);6 mol/L HCl 溶液;3% H_2O_2 溶液;氨水(1∶1)。

(5) 20%氟氢化铵溶液(储于塑料瓶中)。

(6) 样品:胆矾或铜合金。

四、实验步骤

1. 胆矾中硫酸铜含量测定

取胆矾(主要成分为 $CuSO_4\cdot 5H_2O$)样品约 0.5 g,精密称定,置于 250 mL 碘量瓶中,加蒸馏水 50 mL,溶解后加醋酸 4 mL,20% KI 溶液 10 mL,立即密塞摇匀。用 0.1 mol/L $Na_2S_2O_3$ 标准溶液滴定。至近终点时(溶液由红棕色变为黄色),加淀粉指示液 2 mL,继续滴定至淡蓝色时,加入 10% KSCN 溶液 5 mL,摇动,此时溶液蓝色变深,再用 $Na_2S_2O_3$ 标准溶液继续滴定至蓝色消失,即为终点。平行测定三次,计算胆矾中 $CuSO_4\cdot 5H_2O$ 的质量分数。

2. 铜合金中铜的测定

取铜合金试样约 0.1 g,精密称定,置于 250 mL 碘量瓶中,加入 6 mol/L HCl 溶液 10 mL 和 3% H_2O_2 溶液 2 mL 使溶解后,煮沸除去 H_2O_2。冷却后,加入蒸馏水和氨水(1∶1)各 50 mL,再加入 HAc 溶液(1∶1)、NH_4F-HF 缓冲液各 5 mL 和 20% KI 溶液 10 mL,立即用 $Na_2S_2O_3$ 标准溶液滴定至浅黄色,再加 0.5%淀粉指示液 2 mL,继续滴定至浅蓝色,再加入 10%KSCN 溶液 5 mL,溶液蓝色转深,继续用 $Na_2S_2O_3$ 标准溶液滴定至蓝色恰好消失即为滴定终点,此时溶液呈米黄色。平行测定三次,计算铜合金中铜的质量分数。

五、数据记录及处理

(略)

六、注意事项

(1) 为了防止铜盐水解,需加醋酸使溶液呈微酸性。

(2) 反应中生成的 CuI 沉淀吸附铜,使终点难以观察而影响结果的准确度,若在近终点时加入硫氰化钾或硫氰化铵,使 CuI 转变为溶解度更小的 CuSCN 沉淀,使原来吸附在 CuI 沉淀上的 I_2 释放出来,从而使反应完全,则终点易于观察。

七、思考题

(1) 本实验为什么在弱酸性溶液中进行? 能否在强酸性或碱性溶液中进行?

(2) 滴定 $CuSO_4 \cdot 5H_2O$ 时,为什么不能过早加入淀粉指示液?

(3) 碘量法测定铜合金中的铜时,pH 值为何必须保持在 3.5～4 范围内? pH 值过高或过低有何影响?

(4) 加 KSCN 溶液的作用是什么? 为什么不能过早加入?

实验 20 0.05 mol/L I_2 标准溶液的配制与标定

一、目的要求

(1) 掌握直接碘量法的操作过程。

(2) 了解碘标准溶液的配制方法和注意事项。

二、基本原理

纯碘虽可用升华法制得,但因其具有挥发性和腐蚀性,不宜用分析天平准确称量,通常仍采用间接法配制成近似浓度的待标液,用 $Na_2S_2O_3$ 标准溶液或基准物质 As_2O_3 标定。

I_2 在水中的溶解度很小(0.000 2 g/mL),而且容易挥发,在有大量 KI 存在时,I_2 与 I^- 形成可溶性 I_3^- 配合离子,这样既增大了 I_2 的溶解度,又降低了 I_2 的挥发性。

在少量盐酸存在下,可使在 KI 中可能存在的少量 KIO_3 与 KI 作用生成 I_2,以消除 KIO_3 对滴定的影响。同时,因配制 $Na_2S_2O_3$ 溶液时加入了少量 Na_2CO_3,可使滴定反应不致在碱性溶液中进行。本实验选用 $Na_2S_2O_3$ 标准溶液标定碘标准溶液浓度。标定反应式为

$$I_2 + 2S_2O_3^{2-} \longrightarrow 2I^- + S_4O_6^{2-}$$

计算公式为

$$c_{I_2} = \frac{c_{Na_2S_2O_3} V_{Na_2S_2O_3}}{2V_{I_2}}$$

三、仪器与试剂

(1) 25 mL 酸式滴定管;250 mL 锥形瓶;20 mL 移液管。

(2) I_2(AR);KI(AR)。

(3) 0.1 mol/L $Na_2S_2O_3$ 标准溶液(同实验 18)。

(4) 0.5% 淀粉指示液(同实验 18)。

(5) 4 mol/L HCl 溶液:取 300 mL 浓盐酸,加蒸馏水稀释至 900 mL。

四、实验步骤

1. 0.05 mol/L I_2 标准溶液的配制

称取 7 g I_2 和 18 g KI 置于小研钵中,加少量蒸馏水,加 4 mol/L HCl 溶液 1 mL,充分研磨至 I_2 全部溶解后,转移入棕色试剂瓶中,加蒸馏水稀释至 500 mL,摇匀,并将玻璃塞盖紧。

2. 0.05 mol/L I_2 标准溶液的标定

精密量取 0.1 mol/L $Na_2S_2O_3$ 标准溶液 20.00 mL,加蒸馏水 25 mL,淀粉指示液 2 mL,用

待标定 I_2 标准溶液滴定至溶液恰显蓝色,30 s 不褪色,即为终点。根据 $Na_2S_2O_3$ 标准溶液的浓度和体积及消耗的 I_2 溶液的体积,计算 I_2 标准溶液的浓度。平行测定三次。

或者:精密量取待标定 I_2 标准溶液 20.00 mL,加蒸馏水 25 mL,用 0.1 mol/L $Na_2S_2O_3$ 标准溶液滴定至溶液呈浅黄色,加淀粉指示液 2 mL,溶液显蓝色,继续滴定至蓝色恰褪去(30 s 内不变回蓝色),即为终点。根据 I_2 溶液的体积及 $Na_2S_2O_3$ 标准溶液的浓度和消耗的体积,计算 I_2 标准溶液的浓度。平行测定三次。

五、数据记录及处理

(略)

六、注意事项

(1) I_2 必须溶解在浓 KI 溶液中,并充分搅拌,使 I_2 完全溶解后,才可用水稀释。

(2) 碘溶液见光遇热时浓度会发生变化,故应装在棕色瓶里,并用玻璃塞盖紧,放置于暗处保存。储存和使用碘溶液时,应避免与橡皮塞、橡皮管等接触。

七、思考题

(1) 配制 I_2 溶液时,为什么加 KI 和少量盐酸?

(2) I_2 溶液应装在什么滴定管中?为什么?

实验 21　直接碘量法测定维生素 C 的含量

一、目的要求

(1) 掌握直接碘量法的原理和方法。

(2) 了解维生素 C 含量测定的操作步骤。

二、基本原理

I_2 标准溶液可以直接测定一些还原性的物质,如维生素 C,反应在稀酸中进行,维生素 C 分子中的二烯醇基被 I_2 定量地氧化成二酮基:

由于维生素 C 的还原性很强,即使在弱酸性条件下,上述反应也进行得相当完全。维生素 C 在空气中极易被氧化,尤其是在碱性条件下更甚,故该反应在稀醋酸介质中进行,以减少维生素 C 的副反应。

计算公式为　　$w_A/(\%) = \dfrac{c_{I_2} V_{I_2} M_{C_6H_8O_6}}{m_s \times 1\,000} \times 100$　　　$(M_{C_6H_8O_6} = 176.1 \text{ g/mol})$

三、仪器与试剂

(1) 分析天平(0.1 mg);25 mL 酸式滴定管(棕色);250 mL 碘量瓶。

（2）0.05 mol/L I$_2$ 标准溶液（同实验 20）。

（3）0.5% 淀粉指示液（同实验 18）；HAc（1∶1）。

（4）样品：维生素 C 原料。

四、实验步骤

取维生素 C 样品约 0.2 g，精密称定，置于 250 mL 碘量瓶中，加新煮沸放冷的蒸馏水 100 mL 与稀 HAc 溶液 10 mL 使之溶解后，加 0.5% 淀粉指示液 1 mL，立即用 I$_2$ 标准溶液滴定至溶液转为蓝色，30 s 内不褪去，即为终点。记录读数，计算维生素 C 的含量。

五、数据记录及处理

（略）

六、注意事项

（1）在酸性介质中，维生素 C 受空气的氧化速度稍慢，较为稳定，但样品溶解后仍需立即进行滴定。

（2）在有水或潮湿的情况下，维生素 C 易分解。

七、思考题

（1）为什么维生素 C 含量可以用碘量法测定？

（2）滴定维生素 C 时，为什么要加稀 HAc 溶液？

（3）溶解样品时为什么要用新煮沸放冷的蒸馏水？

实验 22　0.02 mol/L 高锰酸钾标准溶液的配制与标定

一、目的要求

（1）掌握 KMnO$_4$ 标准溶液的配制方法与保存方法。

（2）掌握用 Na$_2$C$_2$O$_4$ 标定 KMnO$_4$ 溶液的原理、方法及滴定条件。

二、基本原理

市售 KMnO$_4$ 试剂常含少量 MnO$_2$ 及其他杂质，蒸馏水中也常含少量有机物，这些物质都促使 KMnO$_4$ 还原，因此 KMnO$_4$ 标准溶液在配制后要进行标定。

配制所需浓度的 KMnO$_4$ 溶液，在暗处放置 7～10 d，使溶液中还原性杂质与 KMnO$_4$ 充分作用，将还原产物 MnO$_2$ 过滤除去，储存于棕色瓶中，密闭保存。

标定 KMnO$_4$ 溶液常采用 Na$_2$C$_2$O$_4$ 作基准物质，Na$_2$C$_2$O$_4$ 易提纯，性质稳定。其滴定反应式为

$$2MnO_4^- + 5C_2O_4^{2-} + 16H^+ \longrightarrow 2Mn^{2+} + 10CO_2 \uparrow + 8H_2O$$

上述反应进行缓慢，开始滴定时加入的 KMnO$_4$ 不能立即褪色，但一经反应生成 Mn^{2+} 后，Mn^{2+} 对该反应有催化作用，促使反应速度加快，可采用在滴定开始加热溶液，并控制在 70～85 ℃ 进行滴定。利用 KMnO$_4$ 本身的颜色指示滴定终点。

计算公式为

$$c_{KMnO_4} = \frac{m_{Na_2C_2O_4} \times 1\,000}{V_{KMnO_4} M_{Na_2C_2O_4}} \times \frac{2}{5} \qquad (M_{Na_2C_2O_4} = 134.0 \text{ g/mol})$$

三、仪器与试剂

(1) 分析天平(0.1 mg);称量瓶;25 mL 酸式滴定管;250 mL 锥形瓶。

(2) $KMnO_4$(AR);$Na_2C_2O_4$(基准试剂)。

(3) 2 mol/L H_2SO_4 溶液:取硫酸(AR)112 mL,缓慢加入 900 mL 蒸馏水中,混匀。

四、实验步骤

1. 0.02 mol/L $KMnO_4$ 溶液的配制

称取 $KMnO_4$ 1.8 g,溶于 500 mL 新煮沸并冷却的蒸馏水中,混匀,置棕色玻璃塞试剂瓶中,于暗处放置 7~10 d 后,用垂熔玻璃漏斗过滤,存于洁净棕色玻璃瓶中。

2. $KMnO_4$ 溶液的标定

取于 105~110 ℃干燥至恒重的 $Na_2C_2O_4$ 基准物约 0.14 g,精密称定,置于 250 mL 锥形瓶中,加新煮沸并冷却的蒸馏水约 20 mL 使之溶解,再加 2 mol/L H_2SO_4 溶液 15 mL,迅速滴加 0.02 mol/L $KMnO_4$ 标准溶液 10 mL,加热至 75~85 ℃,待褪色后,继续滴定至溶液呈粉红色并保持 30 s 不褪去,即为终点。平行测定三次。

五、数据记录及处理

(略)

六、注意事项

(1) 滴定终了时,溶液温度不应低于 55 ℃,否则反应速度较慢,会影响终点观察的准确性。

(2) 操作中加热可使反应速度增快,但温度不可超过 90 ℃,否则会引起 $Na_2C_2O_4$ 分解,并且 $KMnO_4$ 会转变成 MnO_2。

七、思考题

(1) 为什么用 H_2SO_4 溶液调节酸性? 是否可以用 HCl 溶液或 HNO_3 溶液?

(2) 用 $KMnO_4$ 配制标准溶液时,应注意些什么问题? 为什么?

(3) 用 $KMnO_4$ 溶液滴定时速度如何控制?

实验 23　双氧水中过氧化氢的含量测定

一、目的要求

(1) 掌握用 $KMnO_4$ 法测定 H_2O_2 含量的方法。

(2) 掌握液体样品的取样方法。

(3) 进一步掌握 $KMnO_4$ 法的操作。

二、基本原理

过氧化氢在工业、生物、医药等方面有着广泛的应用,常需测定其含量。市售医用双氧水为 3% 的过氧化氢溶液。在酸性溶液中,H_2O_2 遇氧化性比它更强的氧化剂 $KMnO_4$ 将被氧化成 O_2,测定含量应在 $1\sim2$ mol/L H_2SO_4 溶液中进行。

$$2MnO_4^- + 5H_2O_2 + 6H^+ \longrightarrow 2Mn^{2+} + 5O_2\uparrow + 8H_2O$$

市售 H_2O_2 中常有起稳定作用的少量乙酰苯胺或尿素,它们也具有还原性,妨碍测定,在这种情况下,以采用碘量法为宜。

计算公式为

$$w_{H_2O_2}/(\%) = \frac{c_{KMnO_4} V_{KMnO_4} M_{H_2O_2}}{V_s \times 1\,000} \times \frac{5}{2} \times 100 \qquad (M_{H_2O_2} = 34.02 \text{ g/mol})$$

式中:V_s 为所取试样体积(mL)。

三、仪器与试剂

(1) 25 mL 酸式滴定管;250 mL 锥形瓶;移液管。

(2) 0.02 mol/L $KMnO_4$ 标准溶液(同实验 22)。

(3) 2 mol/L H_2SO_4 溶液(同实验 22)。

(4) 双氧水:3% 过氧化氢溶液。

四、实验步骤

精密量取双氧水 1.0 mL,置于装有 20 mL 蒸馏水的锥形瓶中,加入 2 mol/L H_2SO_4 溶液 10 mL,用 0.02 mol/L $KMnO_4$ 标准溶液滴定至溶液呈微红色,即为终点。平行测定三次。

五、数据记录及处理

(略)

六、注意事项

(1) 在用 1 mL 吸量管取样时,若所用吸量管上部刻有"吹"字,表明管嘴尖最后一滴也应计量,不可损失。

(2) 滴定开始时反应较慢,可在滴定时先快速加入少量 $KMnO_4$,待褪色后,再慢慢滴定。

(3) 锥形瓶中应先装蒸馏水再加样品溶液,否则 H_2O_2 易挥发,导致测定结果偏低。

七、思考题

(1) 测定 H_2O_2 含量,除用 $KMnO_4$ 法外,还可用什么方法?

(2) 用 $KMnO_4$ 法测定 H_2O_2 时,能否用 HNO_3、HCl 或 HAc 来控制酸度? 为什么?

实验 24　重铬酸钾法测定铁矿石中铁的含量

一、目的要求

(1) 掌握重铬酸钾法测定铁含量的基本原理及实验条件。

（2）了解氧化还原指示剂的变色原理。

（3）学习矿样的酸分解及试液的预处理方法。

二、基本原理

$K_2Cr_2O_7$ 易纯制，纯品在 120 ℃干燥到恒重后，可直接配成标准溶液，无须标定。$K_2Cr_2O_7$ 是一种常用的强氧化剂，在酸性介质中可与还原性物质作用，本身还原为 Cr^{3+}。常用二苯胺磺酸钠作指示剂，溶液变成紫红色为终点。采用重铬酸钾法可以测定 Fe^{2+}、VO^{2+}、Na^+、COD 及土壤中有机质和某些有机化合物的含量。

本实验利用沙浴热盐酸分解铁矿石，利用 $SnCl_2$ 将 Fe^{3+} 还原为 Fe^{2+}，在酸性溶液中用 $K_2Cr_2O_7$ 标准溶液滴定 Fe^{2+}，从而完成铁矿石中铁含量的测定。滴定反应式为

$$Cr_2O_7^{2-} + 6Fe^{2+} + 14H^+ \longrightarrow 2Cr^{3+} + 6Fe^{3+} + 7H_2O$$

因为过量的 $SnCl_2$ 会消耗滴定液，反应式为

$$3SnCl_2 + K_2Cr_2O_7 + 14HCl \longrightarrow 3SnCl_4 + 2KCl + 2CrCl_3 + 7H_2O$$

所以滴加 $SnCl_2$ 使 Fe^{3+} 还原为 Fe^{2+} 时不可多加，$SnCl_2$ 用量可通过加入的甲基橙指示，稍微过量的 Sn^{2+} 可将甲基橙还原为氢化甲基橙而褪色，并能继续使氢化甲基橙还原成 N,N-二甲基对苯胺和对氨基苯磺酸钠，而除去略微过量的 Sn^{2+}。$K_2Cr_2O_7$ 标准溶液浓度及铁含量计算公式分别为

$$c_{K_2Cr_2O_7} = \frac{m_{K_2Cr_2O_7} \times 1\,000}{294.18 \times V}, \quad w_{Fe}/(\%) = \frac{6 \times c_{K_2Cr_2O_7} V_{K_2Cr_2O_7} \times 55.84}{m_{样} \times 1\,000} \times 100$$

三、仪器与试剂

（1）分析天平(0.1 mg)；酸式滴定管；称量瓶；锥形瓶；容量瓶；移液管。

（2）沙浴盘；烧杯；表面皿；量筒。

（3）$K_2Cr_2O_7$(基准试剂)；$SnCl_2 \cdot 2H_2O$(AR)；浓盐酸(AR)；H_2SO_4(AR)；H_3PO_4(AR)。

（4）10%$SnCl_2$溶液：取 $SnCl_2 \cdot 2H_2O$(AR)10 g，溶于 40 mL 热浓盐酸中，加水稀释至 100 mL。

（5）H_2SO_4-H_3PO_4混合酸：取浓硫酸 150 mL，缓缓加入 700 mL 水中，冷却后加入浓磷酸 150 mL。

（6）0.1%甲基橙水溶液；0.2%二苯胺磺酸钠水溶液。

（7）样品：铁矿石粉。

四、实验步骤

1. $K_2Cr_2O_7$ 标准溶液的配制

取已干燥至恒重的 $K_2Cr_2O_7$(基准试剂)1.50 g，精密称定，置于小烧杯中，加水溶解后全部转移至 500 mL 容量瓶中，用水稀释至刻度，摇匀，即得。

2. 铁矿石中铁含量的测定

取铁矿石粉 1.0～1.5 g，精密称定，置于烧杯中，用水润湿。加入 20 mL 浓盐酸，盖上表面皿，在沙浴上加热使分解完全(剩余残渣接近于白色)。稍冷用少量水洗表面皿及杯壁，冷却后全部转移至 250 mL 容量瓶，用蒸馏水稀释至刻度，摇匀。精密量取样品溶液 25 mL 于锥形瓶中，加浓盐酸 8 mL，加热至近沸，加入甲基橙溶液 6 滴，边摇瓶边慢慢滴加 10% $SnCl_2$ 溶液，

溶液由橙红变红,再慢慢滴加 5％ $SnCl_2$ 溶液至溶液呈浅粉色,继续用力摇动浅粉色褪去,立即加蒸馏水 50 mL 和 H_2SO_4-H_3PO_4 混合酸 20 mL,用流水冷却至室温后,加入二苯胺磺酸钠水溶液 4 滴,立即用 $K_2Cr_2O_7$ 标准溶液滴定至紫红色(出现蓝灰色时再滴加一滴)即达终点。记录消耗 $K_2Cr_2O_7$ 标准溶液的体积,计算矿石中铁的含量。平行测定三份。

五、数据记录及处理

(略)

六、注意事项

(1) 称完样品观察,如果是刚洗过的湿烧杯,样品已润湿则不必加水润湿。

(2) 分解样品时,加入浓盐酸加热,近沸时要不时摇动,避免沸腾,如有黑色不溶残渣,可滴加 $SnCl_2$ 溶液约 1 mL 助溶。实验过程中应随时注意分解情况,有的分解很快,有的需加热 20~30 min。如样品中铁含量较高,样品分解后溶液呈红棕色,应滴加 $SnCl_2$ 溶液使溶液变成黄色。试样分解完全时,剩余残渣几乎接近白色(SiO_2)。

(3) 加 $SnCl_2$ 还原时,如刚加入 $SnCl_2$ 红色立刻褪去,说明 $SnCl_2$ 已过量,可补加一滴甲基橙溶液,以除去稍微过量的 $SnCl_2$,溶液如呈浅粉色,尚可。如补加一滴甲基橙溶液后红色依然立刻褪去,则实验失败,需重做。注意:一定要在用力摇动下浅粉色褪去,此为实验成功的关键。

(4) 蒸馏水和混合酸应在还原前准备好,一旦还原完毕,需立即加入。

(5) 计算样品中铁含量时注意滴定时的量是称样量的 1/10。

七、思考题

(1) 测定铁矿石中铁的主要原理是什么?写出计算 Fe_2O_3 含量的公式。

(2) 为什么在用 $SnCl_2$ 还原 Fe^{3+} 之前要加酸,需加热而又不能沸腾?如出现沸腾,对结果有什么影响?如何控制 $SnCl_2$ 不过量?

实验 25　沉淀法——硫酸钡法

一、目的要求

(1) 掌握沉淀、过滤、洗涤及灼烧等沉淀法的基本操作技术。

(2) 了解晶型沉淀的条件。

二、基本原理

1. 硫酸盐含量的测定

芒硝的主要成分为硫酸钠,在 HCl 酸性溶液中,以 $BaCl_2$ 作沉淀剂使硫酸盐成 $BaSO_4$ 晶型沉淀析出,经过滤、干燥、灼烧后,称定称量形式 $BaSO_4$ 的质量,从而计算硫酸钠的含量。计算公式为

$$w_{Na_2SO_4}/(\％) = \frac{m_{BaSO_4} \times M_{Na_2SO_4}}{m_s \times M_{BaSO_4}} \times 100 \quad (M_{Na_2SO_4} = 142.0 \text{ g/mol}; \quad M_{BaSO_4} = 233.4 \text{ g/mol})$$

2. 氯化钡含量的测定

将氯化钡试样溶于水后,用稀 HCl 溶液酸化,加热近沸,在不断搅拌下逐滴加入稀 H_2SO_4 溶液。生成的沉淀经陈化、过滤、洗涤后,灼烧或微波干燥,以 $BaSO_4$ 形式称量,即可求得试样中氯化钡或 Ba^{2+} 的质量分数。

$$w_{BaCl_2}/(\%)=\frac{m_{BaSO_4}\times M_{BaCl_2}}{m_s\times M_{BaSO_4}}\times 100 \quad 或 \quad w_{Ba^{2+}}/(\%)=\frac{m_{BaSO_4}\times M_{Ba^{2+}}}{m_s\times M_{BaSO_4}}\times 100$$

三、仪器与试剂

(1) 仪器:分析天平、高温炉、水浴锅、称量瓶、坩埚、坩埚钳、烧杯、量筒、玻璃漏斗、漏斗架、玻璃棒、洗瓶。

(2) 试剂:芒硝试样(或 $BaCl_2 \cdot 2H_2O$)、5%$BaCl_2$ 溶液(或 1 mol/L H_2SO_4 溶液)、2 mol/L HCl 溶液、$AgNO_3$ 试液、稀硝酸。

四、实验步骤

1. 芒硝中 Na_2SO_4 含量的测定

取试样约 0.4 g,精密称定,置于烧杯中,加蒸馏水 200 mL 使之溶解,加 2 mol/L HCl 溶液 2 mL,加热近沸,在不断搅拌下缓慢加入 5%$BaCl_2$ 溶液(约 1 滴/秒),直到不再发生沉淀(约 15~20 mL),放置过夜或置水浴上加热 30 min,静置 1 h(陈化)。用无灰滤纸以倾泻法过滤,将沉淀转移在滤纸上,再用蒸馏水洗涤沉淀直至洗液不再含 Cl^-(用 $AgNO_3$ 的稀 HNO_3 溶液检查)。将沉淀干燥后转入恒重的坩埚中,灰化、灼烧至恒重,精密称定,计算 Na_2SO_4 的含量。

2. 氯化钡试样的含量测定

取试样约 0.4 g,精密称定,置于烧杯中,加蒸馏水 100 mL 使之溶解,加入 2 mol/L HCl 溶液 2 mL,加热近沸,另取 1 mol/L H_2SO_4 溶液 4 mL,加水稀释至 50 mL,加热近沸,在不断搅拌下趁热缓慢滴加(开始不能太快,4~5 s 加一滴,后面可稍微加快)到热试样溶液中,待沉淀完毕($BaSO_4$ 沉降后,于上层清液中滴加 1~2 滴稀 H_2SO_4 溶液,仔细观察,若无混浊,表示已沉淀完全)。余下操作同上。

五、思考题

(1) 结合实验说明形成晶型沉淀的条件有哪些?

(2) 加 HCl 溶液 2 mL 的作用是什么?

(3) 实验中哪个步骤检查沉淀是否完全? 又在哪个步骤检查洗涤是否完全? 为什么?

(4) 沉淀进行陈化的作用是什么?

(5) 为保证 $BaSO_4$ 沉淀的溶解损失不超过 0.1%,洗涤沉淀用水要控制在多少毫升?

附:重量分析法基本操作

1. 沉淀

(1) 沉淀的条件　样品溶液的浓度、pH 值、沉淀剂的浓度和用量、沉淀剂加入速率、各种试剂加入次序、沉淀时溶液温度等条件要严格按实验步骤控制。

(2) 加沉淀剂　将样品置于烧杯中溶解并稀释到一定浓度,加沉淀剂应沿烧杯内壁或沿玻璃棒加入,小心操作勿使溶液溅出损失。若需缓缓加入沉淀剂,可用滴管逐滴加入并搅拌。

若需在热溶液中进行,最好在水浴上加热。

(3) 陈化　沉淀完毕,将烧杯用表面皿盖好,放置过夜或在石棉网上加热近沸 0.5～1 h。

(4) 检查沉淀是否完全　沉淀完毕或陈化完毕,沿烧杯壁加入少量沉淀剂,若上清液出现混浊或沉淀,说明沉淀不完全,需补加沉淀剂使沉淀完全。

2. 沉淀的过滤及洗涤

1) 漏斗及选择

玻璃漏斗用于过滤需进行灼烧的沉淀,可根据滤纸大小选择合适玻璃漏斗,放入的滤纸应比漏斗沿低约 1 cm,不可高出漏斗;微孔玻璃漏斗或微孔玻璃坩埚用于减压抽滤在 180 ℃以下干燥而不需灼烧的沉淀。各种漏斗及过滤装置见图 3-1。玻璃坩埚的规格和用途见表 3-6。

(a) 玻璃漏斗　　(b) 微孔玻璃漏斗　　(c) 微孔玻璃坩埚　　(d) 抽滤装置

图 3-1　各种漏斗及过滤装置

表 3-6　玻璃坩埚的规格和用途

坩埚滤孔编号	滤孔平均大小/μm	用　途
1	80～120	过滤粗颗粒沉淀
2	40～80	过滤较粗颗粒沉淀
3	15～40	过滤一般晶型沉淀及滤除杂质
4	5～15	过滤细颗粒沉淀
5	2～5	过滤极细颗粒沉淀
6	<2	滤除细菌

玻璃坩埚滤器的底部滤层为玻璃粉烧结而成。玻璃坩埚可用热盐酸或洗液处理并立即用水洗涤,不能用会损坏滤器的氢氟酸、热浓磷酸、热或冷的浓碱液洗涤。

2) 滤纸及过滤

质量分析用的滤纸称定量滤纸或无灰滤纸(灰分在 0.1 mg 以下或质量已知),分快速、中速及慢速滤纸,直径有 7 cm、9 cm 及 11 cm 三种,根据沉淀量及沉淀性质选择使用。如微晶型沉淀多用 7 cm 致密滤纸,蓬松的胶状沉淀要用较大的疏松滤纸滤过。滤纸的折叠及安放见图 3-2。将折好的滤纸放在洁净漏斗中,用手按紧使之密合,用蒸馏水将滤纸润湿,再用玻璃棒按压滤纸,将留在滤纸与漏斗壁之间的气泡赶出,使滤纸紧贴漏斗壁。过滤通常采用倾注法,操作如图 3-3 所示。先将沉淀倾斜静置,然后将沉淀上部的清液小心倾于滤纸上。

3) 沉淀的洗涤及转移

(1) 洗涤沉淀一般采用倾注法,按"少量多次"的原则进行。洗涤时,将少量洗涤液(以淹没沉淀为度)注入滤除母液的沉淀中,充分搅拌,静止分层后倾注上清液经滤纸过滤,以上操作需经 3～4 次倾注洗涤。

(2) 将沉淀转移到滤纸上:在烧杯中加入少量洗涤液,用玻璃棒将沉淀充分搅起,立即将

图 3-2　滤纸的折叠及安放

图 3-3　倾斜静置和倾注过滤操作　　　图 3-4　沉淀的转移操作　　图 3-5　在滤纸上洗涤沉淀

沉淀混悬液一次倾入滤纸中(注意勿使沉淀损失)。然后用洗瓶吹洗烧杯内壁,冲下玻璃棒和烧杯壁上的沉淀,再充分搅起进行倾注转移,经几次如此操作将沉淀几乎全部转移到滤纸上。最后,对于吸附在烧杯壁上和玻璃棒上的沉淀,可用撕下的滤纸角擦拭玻璃棒后,将滤纸角放入烧杯中,用玻璃棒推动滤纸角使附着在烧杯内壁的沉淀松动。将滤纸角放入漏斗中,按图3-4的方式将剩余沉淀全部转入漏斗中。

(3) 沉淀全部转入滤纸后,需在滤纸上进行最后洗涤,按图 3-5 方式操作,注意洗涤时应待前次洗涤液流尽后,再加第二次洗涤液。

3. 沉淀的干燥与灼烧

1) 坩埚的恒重

将洗净的坩埚带盖放入高温炉中,慢慢升温至灼烧温度,恒温 30 min,打开炉门稍冷后,用微热过的坩埚钳取出放在石棉网上,稍冷后将坩埚移入干燥器中。要用手握住干燥器的盖并不时地将盖微微推开,以放出热空气,然后盖好干燥器,冷却 30 min,取出称量。再将坩埚按上述方法灼烧,冷却称重,直至恒重。

2) 沉淀的包卷

用玻璃棒或干净的手指将滤纸三层部分掀起,把滤纸连同沉淀从漏斗中取出,然后打开滤纸,按图 3-6 所示方法包卷。

3) 沉淀的干燥

把包好的沉淀放入已恒重的空坩埚中,滤纸三层部分朝上,有沉淀的部分朝下,以利滤纸的灰化。将坩埚与沉淀放入干燥箱中 105 ℃干燥。注意移取坩埚用坩埚钳的摆放(图 3-7)。

4) 沉淀的炭化、灰化与灼烧

沉淀干燥好后,将坩埚置于电炉上,先于低温使滤纸慢慢炭化(注意不要使滤纸着火燃烧)。待滤纸全部炭化后,可调高温度,将炭黑全部烧掉,直至完全灰化为止。最后将灰化完成

图 3-6　沉淀的包卷

图 3-7　坩埚钳的放置

的坩埚放入高温炉内灼烧,灼烧时要加盖,防止污染。恒温加热一定时间后,关闭电源,打开炉门,将坩埚移至炉口稍冷,取出后放在石棉网上,在空气中冷却至微热,移入干燥器,冷至室温,称量,直至恒重。

第4章 仪器分析实验

实验1 醋酸的电位滴定

一、目的要求

（1）掌握电位滴定方法及确定终点的方法。

（2）学会用电位滴定法测定弱酸的 pK_a。

（3）掌握酸度计的使用方法。

二、基本原理

电位滴定法是利用滴定过程中电池电动势或指示电极电位的变化特点，来确定终点的方法，可用于酸碱、沉淀、配位、氧化还原及非水等各种滴定。

酸碱电位滴定常用的指示电极为玻璃电极，参比电极为饱和甘汞电极（SCE），用酸度计测定溶液的 pH 值。仪器装置如图 4-1 所示。

电位滴定时，记录滴定剂体积 V 和相应的 pH 值，按滴定曲线（pH-V）、一阶微商曲线（$\Delta pH/\Delta V$-V'）及二阶微商曲线（$\Delta^2 pH/\Delta V^2$-V''）作图法及计算法确定终点，从而计算出醋酸试液的浓度。强碱滴定一元弱酸的电位滴定曲线如图 4-2 所示。

图 4-1 电位滴定仪器装置图

1—滴定管；2—饱和甘汞电极；3—玻璃电极；

4—电磁搅拌器；5—酸度计

图 4-2 强碱滴定一元弱酸的电位滴定曲线

醋酸电位滴定还可以测定弱酸、弱碱的解离常数。例如，弱碱滴定一元弱酸的 pH-V 曲线上，半计量点时溶液的 pH 值即为该弱酸的 pK_a。

因为
$$HA \Longrightarrow H^+ + A^-$$

$$K_a = [H^+][A^-]/[HA]$$

半计量点时，有
$$V = V_e/2, \quad [HA] = [A^-]$$

所以 $$K_a=[H^+]_{V_e/2}, \quad pK_a=pH_{V_e/2}$$

三、仪器与试剂

(1) 酸度计;玻璃电极和 SCE 或复合 pH 玻璃电极;电磁搅拌器;搅拌磁子。

(2) 25 mL 碱式滴定管;20 mL 移液管;100 mL 烧杯。

(3) 0.05 mol/L 邻苯二甲酸氢钾标准缓冲液(pH＝4.00)。

(4) 0.1 mol/L NaOH 标准溶液;0.1 mol/L HAc 溶液;酚酞指示剂。

四、实验步骤

(1) 接通电源,仪器预热 15 min。用 0.05 mol/L 邻苯二甲酸氢钾标准缓冲液(pH＝4.00)定位(操作方法同酸度计的使用)。

(2) 精密移取 0.1 mol/L HAc 溶液 20.00 mL 于 100 mL 烧杯中,放入搅拌磁子,插入电极(若电极未能浸没,可适当加入一些蒸馏水),加 2 滴酚酞指示剂作对照,开动电磁搅拌器,测定并记录滴定前 HAc 试液的 pH 值。

(3) 用 0.1 mol/L NaOH 标准溶液进行滴定。开始阶段,每加 5 mL,5 mL,2 mL,2 mL,… NaOH 溶液记录一次 pH 值,在接近计量点(加入 NaOH 溶液引起 pH 值变化逐渐增大)时,每次加入体积逐渐减少(1 mL,1 mL,…,0.2 mL,0.2 mL,…,2 滴,2 滴,…),在计量点前后每加 2 滴 NaOH 溶液,记录一次 pH 值,继续滴定至计量点后适当量,每次加入体积又可逐渐增大(为方便数据处理,在计量点前后每次加入体积最好相等)。

(4) 按 pH-V、$\Delta pH/\Delta V$-V' 作图法,$\Delta^2 pH/\Delta V^2$-V'' 作图法及计算法确定终点 V_{ep},计算 HAc 溶液的浓度。

(5) 由 pH-V 曲线上找出半计量点时溶液的 pH 值,即为 HAc 的 pK_a。

五、数据记录及处理

完成 HAc 电位滴定的数据记录及处理,填入下表。

No	V/mL	pH	ΔV	ΔpH	$\Delta pH/\Delta V$	V'	ΔV^2	$\Delta^2 pH$	$\Delta^2 pH/\Delta V^2$	V''
1	0.00	2.88								
2	5.00									
3	10.00									
4										
5										
⋮										

六、思考题

(1) 如何根据 pH-V、$\Delta pH/\Delta V$-V'、$\Delta^2 pH/\Delta V^2$-V'' 作图法确定终点? 如何按 $\Delta^2 pH/\Delta V^2$-V'' 计算法确定终点?

（2）试计算滴定前 HAc 试液的 pH 值,并与实测值对比。

（3）通过实验和数据处理,体会为何计量点前后加入的 NaOH 体积以相等为好?

（4）如何测定弱碱的 pK_b?

实验 2　自来水中氟含量的测定

一、目的要求

（1）加深对电位分析法基本原理的认识和理解。

（2）掌握电位分析法的标准曲线法和标准加入法的基本原理。

二、基本原理

氟离子选择性电极是一种由 LaF_3 单晶作敏感膜(其中掺入 Eu^{2+} 和 Ca^{2+})的电化学传感器,对溶液中的 F^- 有电位响应。以 Ag/AgCl 电极为内参比电极,0.1 mol/L NaCl-0.001 000 mol/L NaF 溶液为内参比溶液的电位为

$$E_{F^-} = E_{内参} + E_{膜} = k - \frac{RT}{F}\ln a_{F^-} = k - \frac{RT}{F}\ln(f_{F^-} c_{F^-})$$

因此,当控制测定体系的离子强度为一定值时,氟离子选择性电极的电位与氟离子浓度的对数值呈线性关系。

本实验通过测定系列 F^- 的标准溶液的电位,用标准曲线法测定水中的氟离子含量,同时与用标准加入法测定的氟离子含量相比较。标准加入法的计算是将标准加入前后的电位差 (ΔE) 和实际测定的电极响应斜率 S 代入下述方程:

$$c_{F^-} = \frac{c_s V_s}{V_x + V_s}(10^{\Delta E/S} - 1)^{-1}$$

式中:c_s、V_s 分别为氟离子标准溶液的浓度和体积;c_{F^-}、V_x 分别为试液中氟离子的浓度和体积。

三、仪器与试剂

（1）pHS-2 型酸度计;氟离子选择性电极;饱和甘汞电极;电磁搅拌器。

（2）容量瓶;移液管。

（3）1.0×10^{-3} mol/L 氟离子标准溶液:称取 NaF(AR,于 110 ℃烘 1～2 h)1.050 g 于烧杯中,用去离子水溶解,并全部转移至 250 mL 容量瓶,用去离子水稀释至刻度,储存于聚乙烯瓶中(氟离子浓度为 0.1 mol/L);精密吸取 1 mL 前述溶液于 100 mL 容量瓶中,用去离子水稀释至刻度,摇匀,备用。

（4）总离子强度调节缓冲液(TISAB):称取 NaCl(AR)58 g、柠檬酸钠(AR)12 g,溶于 800 mL 去离子水中,加冰醋酸 57 mL,用 500 g/L NaOH 溶液调节 pH 值至 5.0～5.5,冷至室温,用去离子水稀释至 1 000 mL。

四、实验步骤

1. 氟离子选择性电极的准备

接通仪器电源,预热 20 min,校正仪器,调仪器零点。氟离子选择性电极接仪器负极,甘

汞电极接仪器正极。将两电极插入蒸馏水中,开动搅拌器,使电位小于－200 mV(若读数大于 －200 mV,则更换蒸馏水,如此反复几次即可达到电极的空白值。若仍不能使电位小于－200 mV,可用金相砂纸轻轻擦拭氟离子选择性电极,继续清洗至－220 mV)。

2. 标准曲线的制作

分别吸取 1.0×10^{-3} mol/L 氟离子标准溶液 0.50 mL、1.00 mL、3.00 mL、5.00 mL、 10.00 mL 于 100 mL 容量瓶中,加入 TISAB 溶液 20 mL,用去离子水稀释至刻度。将标准系列溶液由低浓度到高浓度依次转入干的聚乙烯烧杯中,将电极插入被测试液。开动搅拌器 5~8 min 后,停止搅拌,读取平衡电位(注意:测定时,需由低浓度到高浓度依次测定)。在半对数坐标纸上作 $E\text{-}c_F$- 图,得标准曲线(或在普通坐标纸上作 $E\text{-}\lg c_F$- 曲线)。

3. 水样的测定

吸取水样 50.00 mL 于 100 mL 容量瓶中,加 TISAB 溶液 20 mL,用水稀释至刻度,把溶液全部转入聚乙烯烧杯中,测定 E 值(测定水样之前,需用去离子水洗电极至空白电位－220 mV)。记录水样电位值(E_1)。然后加入 1.0×10^{-3} mol/L 氟离子标准溶液 1.00 mL,同法测出 E_2,计算其差值($\Delta E = E_2 - E_1$)。

五、数据记录及处理

(1) 在半对数坐标纸上作 $E\text{-}c_F$- 图,绘制标准曲线,求出氟离子选择性电极的响应斜率 S。

(2) 根据所测水样的 E 值从标准工作曲线上查出氟离子浓度,计算水样中氟的浓度 (mol/L)。

(3) 根据步骤"3",用标准加入法所得 ΔE 和实际测定的电极响应斜率计算水样中氟的浓度(mol/L)。

六、思考题

(1) 本实验中使用总离子强度调节缓冲液的目的是什么?

(2) 为什么要把氟离子选择性电极的空白值洗至－220 mV?

实验 3　永停滴定法标定碘标准溶液浓度

一、目的要求

(1) 熟悉永停滴定法的原理、操作、终点确定方法。

(2) 掌握永停滴定法标定碘标准溶液浓度的方法。

二、基本原理

永停滴定法是将两支完全相同的铂电极插入待测溶液中,在两电极间外加一小电压(10~ 200 mV),根据可逆电对有电流产生,不可逆电对无电流产生的现象,观察滴定过程中电流变化特征来确定滴定终点的方法。此法装置简单,准确度高,确定终点方法简便。

本实验采用 I_2 溶液滴定 $Na_2S_2O_3$ 溶液,标定碘标准溶液浓度。反应式为

$$I_2 + 2S_2O_3^{2-} \longrightarrow S_4O_6^{2-} + 2I^-$$

化学计量点前,溶液中有 $S_4O_6^{2-}/S_2O_3^{2-}$ 不可逆电对存在,无电解反应发生,化学计量点稍

图 4-3　I_2 溶液滴定 $Na_2S_2O_3$ 溶液的滴定曲线

过,溶液中有 I_2/I^- 可逆电对即有电解电流通过两电极,发生电解反应,电流突然增大,并且随着 I_2/I^- 可逆电对数目的增多,电流也随之增大(图 4-3),因此用 I_2 溶液滴定 $Na_2S_2O_3$ 溶液时就可以用电流计指针突然偏转很大并且不再回到原位来确定终点。

三、仪器与试剂

(1) 永停滴定仪;铂电极;电磁搅拌器;搅拌磁子。

(2) 25 mL 酸式滴定管(棕色);20 mL 移液管;100 mL 烧杯。

(3) 0.05 mol/L I_2 待标溶液;0.1 mol/L $Na_2S_2O_3$ 标准溶液(同第 3 章实验 18)。

四、实验步骤

(1) 安装仪器,打开电源,预热,按要求调节各旋钮。

(2) 精密移取 0.1 mol/L $Na_2S_2O_3$ 标准溶液 20 mL 于 100 mL 烧杯中,放入搅拌磁子,置于电磁搅拌器上。在溶液中插入两根铂电极,接上永停滴定仪,调电流为零。

(3) 在电磁搅拌下,开始用 I_2 溶液滴定,当电流计指针突然偏转很大并且不再回到原位时,即为终点。记录滴定体积,计算 I_2 待标溶液的浓度。

五、数据记录及处理

(略)

六、注意事项

(1) 永停滴定仪的安装与操作参照仪器说明书。

(2) 铂电极应完全浸入液面下,但不要触及器皿底部,以免损坏。

七、思考题

(1) 本方法与指示剂法相比有何优点?

(2) 如果用 $Na_2S_2O_3$ 溶液滴定 I_2 溶液,其电流变化情况如何?终点该如何判断?

实验 4　库仑滴定法测定维生素 C 片中维生素 C 的含量

一、目的要求

(1) 了解库仑滴定法的基本原理和永停法确定滴定终点的方法。

(2) 掌握 KLT-1 型通用库仑仪的操作方法。

(3) 掌握永停库仑滴定法测定维生素 C 含量的基本原理。

二、基本原理

库仑滴定法是用恒电流电解产生滴定剂,在电解池中与被测物质定量反应,实现被测物质测定的一种分析方法。若电解的电流效率为 100%,电生滴定剂与被测物质反应完全,且有确定终点的灵敏方法,则所消耗的电量与被测定物质的量成正比,根据法拉第定律可计算出被测物质的含量。

本实验以酸性 KBr 溶液作为辅助电解质,通以恒电流进行电解,使 Br^- 在铂阳极上氧化为 Br_2(电生滴定剂)。阳极:$2Br^- \longrightarrow Br_2 + 2e^-$;阴极:$2H^+ + 2e^- \longrightarrow H_2$。电解产生的 Br_2 与维生素 C 发生氧化还原反应,反应式为

$$
\text{HO—CH}_2\text{—CH—CH} \quad \overset{\displaystyle O}{\underset{\text{CH=CH}}{\diagup \diagdown}} \quad \text{C=O} + Br_2 + O_2
$$

维生素 C

$$
\longrightarrow \text{HO—CH}_2\text{—CH—CH} \quad \overset{\displaystyle O}{\diagup \diagdown} \quad \text{C=O} + 2Br^- + 2H^+
$$

脱氢维生素 C

此反应快速、定量,因此可通过电生 Br_2,用库仑滴定法测定维生素 C 含量。以双铂电极电流法指示滴定终点,在双铂指示电极间加一小的极化电压(约 150 mV),因为维生素 C 和脱氢维生素 C 为不可逆电对,Br_2/Br^- 为可逆电对,在计量点前,溶液中没有过量的 Br_2 存在,指示电极上几乎没有极化现象,只有极微小的残余电流通过,到达并超过计量点时,溶液中有过量的 Br_2,指示电极的电流迅速增大,此信号经过微电流放大器放大,然后经微分电路输出一脉冲信号触发电路,再推动开关执行电路自动关断电解回路,指示滴定终点。

本实验根据法拉第定律计算维生素 C 标准溶液的浓度,并根据标准溶液的实际浓度计算电流效率,然后根据样品的测量值和电流效率,计算出样品中的含量。

电流效率计算式为

$$
\eta = \frac{c_{标准}}{c_{测量}}
$$

三、仪器与试剂

(1) KLT-1 型通用库仑仪(附铂金电极电解池);电磁搅拌器;容量瓶;移液管。

(2) 电解液:1:2 HAc 溶液与 0.5 mol/L KBr 溶液等体积混合。

(3) 0.50 g/L 维生素 C 标准溶液:取维生素 C 对照品约 0.50 g,精密称定,置于 100 mL 容量瓶,用二次蒸馏水溶解并定容;精密量取 10 mL 前述溶液于 100 mL 容量瓶中,用二次蒸馏水稀释并定容,摇匀。

(4) 维生素 C 片试样溶液:取已研碎的维生素 C 片(相当于一片),精密称定,置于 100 mL 烧杯中,用二次蒸馏水溶解后全部转移至 250 mL 容量瓶中,定容,备用。

四、实验步骤

(1) 按仪器使用说明打开电源开关,预热 20~30 min。

　　(2) 量取电解液 50 mL 于电解池中,放入搅拌磁子,用滴管取电解液滴入工作阴极套管内,使其高出外部液面。将清洁的电极插入溶液,把电解池放在电磁搅拌器上固定,开启搅拌器,调节适当的转速。

　　(3) 将"量程选择"旋到 10 mA,"电流微调"(顺时针)先置于最大位置,"工作选择"撤下"电流"键(指示电极应夹到两个铂片指示电极上),"滴定终点曲线变化"选择"上升"键,然后按下"启动"键,调节"极化电位"旋钮,按下"极化电位"有锁键,使表头指示极化电位为 150 mV,释放"极化电位"键,按下电解按钮,红灯灭,"工作-停止"开关置于"工作",进行预电解,电解到终点时表头指针迅速向右偏转,红灯亮,电解自动停止。

　　(4) 电流效率的测定。释放"启动"键,取 0.50 g/L 的维生素 C 标准溶液 1.00 mL,滴入电解池中,插好电极,按下"启动"键,按下"电解"按钮进行电解,记下计量点时所消耗的电量(毫库仑数)。重复测定三次,按电解定律计算电流效率。

　　(5) 重复步骤(4),测定样品溶液,平行测定三次。

　　(6) 实验结束后洗净电解池及电极,注入蒸馏水。

五、数据记录及处理

　　将实验数据记录、处理,填入下表:

项　　目		1	2	3
维生素 C 标准溶液	$m_{纸}/g$			
	$m_{纸+标}/g$			
	$m_{标}/g$			
	Q/mC			
	η			
	$\bar{\eta}$			
维生素 C 片样品	$m_{纸}/g$			
	$m_{纸+样}/g$			
	$m_{样}/g$			
	Q/mC			
	$w/(\%)$			
	$\bar{w}/(\%)$			
相对偏差/(%)				
相对平均偏差/(%)				

　　(1) 根据法拉第定律计算维生素 C 标准溶液的浓度(mol/L),并根据标准溶液的实际浓度计算电流效率。

　　(2) 根据法拉第定律计算维生素 C 片中维生素 C 含量,以毫克/片计,并与标示量比较。

六、注意事项

　　(1) 若电解池中溶液过多,可倒去部分溶液后继续使用。

（2）在仪器使用过程中，拿出电极头或松开电极夹时必须先释放"启动"键。

七、思考题

（1）写出工作电极和辅助电极上的电极反应式。

（2）库仑滴定过程中 Br^- 不断再生，那么是否可以用极少量的 KBr？

实验 5　分光光度计的使用与性能检验

一、目的要求

（1）掌握分光光度计的性能检验方法。

（2）熟悉分光光度计的使用。

二、基本原理

（1）分光光度计的性能好坏直接影响到测定结果的准确性，因此新购仪器及使用一定时间后，均需进行检验调整。

（2）由于温度变化对机械部分的影响，仪器的工作波长经常会略有变动，应定期对所用的仪器进行全面校正检定。可以通过检查标准物质吸光度检定吸光度准确度，如 1.0×10^{-4} mol/L 重铬酸钾的硫酸溶液，在规定的波长处测定吸光度，计算其百分吸光系数，与规定值（表 4-1）的相对偏差应在 $\pm 1\%$ 以内。

表 4-1　1.0×10^{-4} mol/L 重铬酸钾的硫酸溶液在规定波长处的吸收系数

波长/nm	235（最小）	257（最大）	313（最小）	350（最大）
吸收系数 $E_{1\,cm}^{1\%}$	124.5	144.0	48.62	106.6

（3）同种厚度的比色皿，由于材料及工艺等原因，透光率往往不一致，从而影响测定结果，故在使用时需加以选择配对，要求透光率之差小于 0.5%。

三、仪器与试剂

（1）紫外-可见分光光度计或可见分光光度计；比色皿（1 cm）。

（2）0.001 6 mol/L $K_2Cr_2O_7$ 溶液：称取重铬酸钾 0.96 g，用蒸馏水溶解并稀释至 1 000 mL，摇匀。

（3）1.0×10^{-4} mol/L $K_2Cr_2O_7$ 的硫酸溶液：取在 120 ℃干燥至恒重的基准重铬酸钾约 60 mg，精密称定，置于 1 000 mL 容量瓶中，用 0.005 mol/L 硫酸溶液溶解并稀释至刻度，摇匀。

四、实验步骤

（1）比色皿的配对性　将 0.001 6 mol/L $K_2Cr_2O_7$ 溶液分别注入厚度相同的 4 个比色皿中，以其中任一个比色皿的溶液做空白，在 440 nm 波长处分别测定其他各比色皿中溶液的透光率，选择透光率之差小于 0.5% 的比色皿使用。

（2）重现性　以蒸馏水的透光率为 100%，对 0.001 6 mol/L $K_2Cr_2O_7$ 溶液连续测定 7 次，求出极差，仪器在同一工作条件下，用同种溶液连续测定 7 次，其透光率最大读数与最小读数之差(极差)如小于 0.5%,则符合要求。

(3) 波长精度的检查　取 1.0×10^{-4} mol/L $K_2Cr_2O_7$ 的硫酸溶液,在 350 nm 处测定吸光度,并计算其吸收系数,与规定的吸收系数 106.6 相比较,要求相对误差在 $\pm 1\%$ 以内,则符合要求。

五、注意事项

(1) 认真预习仪器使用方法及使用注意事项。

(2) 操作比色皿拉杆时不转动拉杆,并注意拉的节奏,不可粗暴操作。

(3) 使用比色皿时应注意光面外壁不能有指印或不洁,所加溶液不宜太满,一般占其容积的 2/3～3/4,比色皿每次使用完毕后,应立即用蒸馏水洗净,用吸水纸揩干,存于比色皿盒内。

(4) 仪器使用完毕,注意干燥剂归位,做好使用登记。

六、思考题

(1) 同种比色皿透光度的差异对测定有何影响?

(2) 检查分光光度计的波长精度及重现性对测定有什么实际意义?

(3) 使用分光光度计时,应注意哪些问题?

实验 6　标准曲线法测定芦丁含量

一、目的要求

(1) 掌握显色反应的操作方法。

(2) 掌握标准曲线法测定含量的方法。

二、基本原理

显色反应需要具备良好的重现性与灵敏性,因此必须控制反应的条件,包括溶剂种类、试剂用量、溶液酸碱度、反应时间和比色时间等。芦丁为黄酮苷,能与 Al^{3+} 生成黄色配合物,在 $NaNO_2$ 的碱性溶液中呈红色,在 510 nm 波长处有最大吸收峰。因此可通过显色反应,用分光光度法测定芦丁含量,但应注意控制反应时间、比色时间以及试剂用量。

显色反应的定量分析方法一般采用标准曲线法。

黄酮苷与 Al^{3+} 生成的黄色配合物

三、仪器与试剂

（1）紫外-可见分光光度计；比色皿（1 cm）；容量瓶；移液管；吸量管。

（2）0.1 g/L 芦丁对照品溶液：精密称取在 120 ℃减压干燥至恒重的芦丁对照品 10 mg，置于 100 mL 容量瓶中，加乙醇 70 mL，超声溶解，静置冷却，加水至刻度，摇匀。

（3）30％乙醇溶液；5％亚硝酸钠溶液；10％硝酸铝溶液；1 mol/L 氢氧化钠溶液。

（4）芦丁样品。

四、实验步骤

1. 比色皿的校核

将四个比色皿编号，装上空白溶液，在 510 nm 处比较各比色皿的透光率（相互之间不应超过 0.5％）。若有显著差异，则将比色皿重新洗涤后再装空白溶液测试（可多次洗涤，使透光率一致）。若难以通过洗涤校正，以透光率最大的比色皿为 100％透光，测定其余各比色皿的透光率，分别以吸光度方式显示，作为各比色皿的校正值。测定溶液时，以上述透光率最大的比色皿作空白，用其他各比色皿装测定溶液，测得的吸光度减去其相应的校正值。

2. 标准曲线的制作

精密吸取 0.1 g/L 芦丁对照品溶液 0 mL、1.0 mL、2.0 mL、3.0 mL、4.0 mL、5.0 mL，分别置于 10 mL 容量瓶中，各加 30％乙醇至溶液体积为 5.0 mL，各加入 5％亚硝酸钠溶液 0.3 mL，充分摇匀，5 min 后各精密加入 10％硝酸铝溶液 0.3 mL，充分摇匀，5 min 后各加 1 mol/L氢氧化钠溶液 4.0 mL，用蒸馏水稀释至刻度，充分摇匀，5 min 后以第一瓶作空白，用分光光度计在 510 nm 波长下测定各瓶的吸光度 A，绘制 A-c 标准曲线或计算回归方程。

3. 样品测定

精密吸取芦丁样品溶液（0.1 g/L）3.0 mL，置于 10 mL 容量瓶中，按标准曲线制备项下相应的方法操作，直至测定出样品的吸光度 A。从标准曲线上读出或由回归方程计算出样品溶液中芦丁的质量（mg），计算含量。

$$样品中无水芦丁质量分数/（\%）= \frac{标准曲线上读出的量（mg）}{取样量（mg）} \times 100$$

五、注意事项

（1）如测定时室温低，芦丁有析出现象，可微热使其溶解。

（2）本显色反应为配位反应，反应较慢，故每加入一种试剂后应充分振摇，以利反应完全，并且加入各种试剂的顺序应按操作方法进行。

六、思考题

（1）影响显色反应的因素有哪些？

（2）试述标准曲线法的优点。

（3）指出本实验所加各试剂的作用。

实验 7 维生素 B_{12} 注射液的含量测定

一、目的要求

(1) 掌握紫外-可见分光光度计的操作方法。

(2) 掌握吸光系数法的定量方法。

(3) 掌握含量测定、标示量百分含量及稀释度等计算方法。

二、基本原理

维生素 B_{12} 是一类含钴的卟啉类化合物,具有很强的生血作用,可用于治疗恶性贫血等疾病。维生素 B_{12} 不是单一的一种化合物,共有七种。通常所说的维生素 B_{12} 是指其中的氰钴素,为深红色吸湿性晶体,注射液标示量有 50 μg/mL、100 μg/mL 和 500 μg/mL 等。

维生素 B_{12} 的水溶液在 278 ± 1 nm、361 ± 1 nm 与 550 ± 1 nm 三波长处有最大吸收峰。361 nm 处的吸收峰干扰因素较少,药典用吸光系数法,规定以 361 ± 1 nm 处吸收峰的百分吸光系数 $E_{1\,cm}^{1\%}$ 值(207)为依据,检测维生素 B_{12} 注射液的含量。

按照百分吸光系数的定义,即

$$E_{1\,cm}^{1\%}(361\ nm)=207\times100\ mL/(g \cdot cm)=2.07\times10^{-2}\ mL/(\mu g \cdot cm)$$

所以
$$c_{样}=A_{样}/(b \cdot E_{1\,cm}^{1\%})=A_{样}\times48.31\ (\mu g/mL)$$

三、仪器与试剂

(1) 紫外-可见分光光度计;石英比色皿(1 cm);吸量管;容量瓶。

(2) 维生素 B_{12} 注射液:标示量 100 μg/mL。

四、实验步骤

(1) 确定测量波长 用紫外-可见分光光度计对维生素 B_{12} 注射液在波长 $200\sim650$ nm 进行光谱扫描。光谱图上应有三个吸收峰,选择中间那个吸收峰的最大吸收波长作为测量波长。

(2) 比色皿的校核 将两只石英比色皿编号,装入蒸馏水,在测量波长(361 nm)处比较两只比色皿的透光率。以透光率大的比色皿为 100% 透光,测定另一只比色皿的透光率,以吸光度形式输出,读出校正值。测定溶液时,以透光率大的比色皿作空白,另一只比色皿装待测溶液,将测定的吸光度减去其校正值。

(3) 测定吸光度 精密吸取维生素 B_{12} 注射液样品(100 μg/mL)3.0 mL,置于 10 mL 容量瓶中,加蒸馏水至刻度,摇匀,装入石英比色皿中,以蒸馏水为空白,在测量波长(361 nm)处测得吸光度 A 值。

(4) 含量计算(吸光系数法) 将测得的吸光度 A 值与 48.31 相乘,即得样品稀释液中每毫升含维生素 B_{12} 的微克数。计算标示量百分含量,并判断样品是否合格。

$$标示量百分含量/(\%)=\frac{c_{样}(\mu g/mL)\times样品稀释倍数}{标示量(100\ \mu g/mL)}\times100$$

五、思考题

试比较用标准曲线法与吸光系数法定量的优、缺点。

实验 8　邻二氮菲法测定水中微量铁

一、目的要求

（1）了解邻二氮菲测定 Fe^{2+} 的原理和方法。

（2）熟悉分光光度计的使用方法。

（3）掌握用标准曲线法进行定量测定的原理及方法。

二、基本原理

分光光度法测定微量铁含量所用显色剂较多，有邻二氮菲（又称邻菲啰啉、菲饶林）及其衍生物、磺基水杨酸、硫氰酸盐、5-BrPADAP 等。其中邻二氮菲分光光度法因灵敏度高、稳定性好、干扰少而较常用。

在 pH 值为 2～9 的溶液中，亚铁离子与邻二氮菲生成稳定的红色配合物。

$$Fe^{2+}+3 \quad \rightleftharpoons \quad \left[\left(\quad \right)_3 \right]^{2+}$$

配合物的 $\lg\beta_3 = 21.3$，$\varepsilon_{510\text{ nm}} = 1.11 \times 10^4$ L/(mol·cm)。并且，当铁以 Fe^{3+} 形式存在于溶液时，可加入盐酸羟胺或对苯二酚等将其还原为 Fe^{2+} 离子。

$$2Fe^{3+}+2NH_2OH \cdot HCl \longrightarrow 2Fe^{2+}+N_2\uparrow+2H_2O+4H^++2Cl^-$$

其他离子，如 Cu^{2+}、Co^{2+}、Ni^{2+}、Cd^{2+}、Hg^{2+}、Zn^{2+} 等存在时，在量少的情况下不影响测定，在量大时可用 EDTA 掩蔽或预先分离。

三、仪器与试剂

（1）紫外-可见分光光度计；比色皿（1 cm）。

（2）分析天平；容量瓶；移液管；吸量管；量杯；烧杯。

（3）$NH_4Fe(SO_4)_2 \cdot 12H_2O$（AR）。

（4）0.15%邻二氮菲水溶液（临用新配）。

（5）10%盐酸羟胺水溶液（临用新配）。

（6）100 mg/L 标准铁溶液：取 $NH_4Fe(SO_4)_2 \cdot 12H_2O$（AR）约 0.86 g，精密称定，置于 250 mL 烧杯中，加入 6 mol/L HCl 溶液 20 mL 和少量蒸馏水，溶解并全部转移至 1 000 mL 容量瓶中，加水稀释至刻度，摇匀。

（7）1 mol/L NaAc 溶液；6 mol/L HCl 溶液；1 mol/L NaOH 溶液。

（8）试样：自来水、井水或河水。

四、实验步骤

1. 标准曲线的制作

（1）溶液显色　精密量取 100 mg/L 标准铁溶液 10 mL 于 100 mL 容量瓶中，加入 6 mol/L HCl 溶液 2 mL，加水稀释至刻度，摇匀，得 Fe^{3+} 浓度为 10 μg/mL 的溶液。分别精密量取该铁溶液 0 mL、2.0 mL、4.0 mL、6.0 mL、8.0 mL、10.0 mL 于 50 mL 容量瓶中,加入 10％盐酸羟胺水溶液 1 mL,摇匀,依次加入 0.15％邻二氮菲水溶液 2 mL,1 mol/L NaAc 溶液 5 mL,用蒸馏水稀释至刻度,摇匀,放置 10 min。

(2) 选择测量波长　以第一份溶液作参比,在 495～515 nm 处,每隔 2 nm 波长测定第四份溶液的吸光度,选择吸光度最大处对应的波长作为测量波长。

(3) 吸光度测定　在测量波长处依次测定每份溶液的吸光度 A。

(4) 绘制曲线　以测得的各溶液的吸光度 A 为纵坐标,浓度 c(或含铁量)为横坐标,绘制成标准曲线(也可用最小二乘法回归成线性方程)。

2. 水样的测定

精密量取澄清水样 5 mL(或适量,相当于含铁 0.15 mg),置于 50 mL 容量瓶中。照"标准曲线的制作"项下的显色方法,制备样品溶液,并测定吸光度,根据标准曲线求出水中总铁含量。

五、注意事项

(1) 注意比色皿的配对并遵守平行原则。

(2) 在测定标准系列各溶液吸光度时,要从稀溶液至浓溶液依次进行测定。

(3) 显色时,若酸度过高(pH<2),显色缓慢而色浅;若酸度过低,二价铁离子易水解。

六、思考题

(1) 根据邻二氮菲亚铁配离子的吸收光谱,其 λ_{max} 为 510 nm。本次实验中实际测得的最大吸收波长是多少? 若有差别,试作解释。

(2) 根据制备标准曲线测得的数据,判断本次实验所得浓度与吸光度间线性关系的好坏,并分析其原因。

(3) 根据实验数据计算邻二氮菲亚铁配离子在最大吸收波长处的摩尔吸光系数,若与文献值差别较大,试作解释。

(4) 若比色皿不完全配对,该如何处理?

实验 9　邻二氮菲分光光度法测定铁条件试验

一、目的要求

(1) 掌握可见分光光度法的操作。

(2) 了解分光光度法实验条件的选择。

二、基本原理

邻二氮菲法测定微量铁的原理见本章实验 8。显色反应的实验条件包括显色剂的浓度、有色溶液的稳定性、溶液的酸度等,此外还要研究干扰物质的影响、反应温度、测定范围、方法适用范围等,需经过试验,最终确定实验条件。

三、仪器与试剂

（1）紫外-可见分光光度计或可见分光光度计；比色皿（1 cm）。

（2）酸度计；容量瓶；吸量管；烧杯；量杯。

（3）$NH_4Fe(SO_4)_2 \cdot 12H_2O$（AR）。

（4）铁标准溶液：取 $NH_4Fe(SO_4)_2 \cdot 12H_2O$ 约 0.43 g，精密称定，置于 250 mL 烧杯中，加入 6 mol/L HCl 溶液 80 mL 和少量水，溶解后，全部转移至 1 000 mL 容量瓶中，用蒸馏水稀释至刻度，摇匀。

（5）0.15％邻二氮菲水溶液（临用新配）：先用少许乙醇溶解，再用水稀释。

（6）10％盐酸羟胺水溶液（临用新配）。

（7）1 mol/L 醋酸钠溶液；6 mol/L HCl 溶液；1 mol/L NaOH 溶液。

四、实验步骤

1. 显色剂浓度的影响

精密量取铁标准溶液 2 mL 8 份，分别置于 8 只 50 mL 容量瓶中，各加入 10％盐酸羟胺水溶液 1 mL，摇匀，分别加入 0.15％ 的邻二氮菲水溶液 0 mL、0.1 mL、0.3 mL、0.6 mL、1.0 mL、1.5 mL、2.0 mL、4.0 mL，各加入 1 mol/L 醋酸钠溶液 5 mL，以水稀释至刻度，摇匀。放置 10 min 后，以不加显色剂的溶液作参比溶液，用 1 cm 比色皿，在 510 nm 波长处，测定各溶液的吸光度 A，以吸光度 A 为纵坐标，以显色剂体积为横坐标，绘制吸光度-显色剂体积曲线，从而确定应加入的显色剂的体积。

2. 显色溶液的稳定性

取上述第七份溶液在放置 5 min、10 min、30 min、1 h、2 h 后，分别在 510 nm 波长下，用 1 cm 比色皿，以不加显色剂的溶液作参比溶液，测相应的吸光度 A，以吸光度 A 为纵坐标，以时间为横坐标，绘制吸光度-时间曲线，观察反应溶液的稳定性，从而确定显色溶液的测定时间范围。

3. 溶液 pH 值的影响

精密量取铁标准溶液 2 mL 8 份，分别置于 8 只 50 mL 容量瓶中，各加入 10％盐酸羟胺水溶液 1 mL，摇匀，加入 0.15％邻二氮菲水溶液 2 mL，分别加入 1 mol/L NaOH 溶液 0 mL、0.2 mL、0.5 mL、1.0 mL、1.5 mL、2.0 mL、2.5 mL、3.0 mL，以水稀释至刻度，摇匀。放置 10 min 后，以不加显色剂的溶液作参比溶液，用 1 cm 比色皿，在 510 nm 波长处，测定各溶液的吸光度 A，并分别测定各溶液的 pH 值。以吸光度 A 为纵坐标，以溶液 pH 值为横坐标，绘制吸光度-pH 曲线，从而确定显色反应适宜的酸度范围。

五、注意事项

（1）溶液稳定性试验时间较长，期间可合理安排其他实验内容。

（2）实验过程中注意平行原则。

实验 10　分光光度法测定钢铁中硅的含量

一、目的要求

（1）了解钢铁中硅含量测定的意义及重要性。

(2) 掌握钢铁中硅含量测定的原理及方法。

二、基本原理

钢铁试样用稀酸溶解后,硅转化为可溶性硅酸:

$$FeSi + H_2SO_4 + 4H_2O \longrightarrow FeSO_4 + H_4SiO_4 + 3H_2\uparrow$$

加高锰酸钾氧化碳化物,再加亚硝酸钠还原过量的高锰酸钾,在弱酸性溶液中,加入钼酸,使其与 H_4SiO_4 反应生成氧化型的黄色硅钼杂多酸(硅钼黄),在草酸的作用下,用硫酸亚铁铵将其还原为硅钼蓝:

$$H_4SiO_4 + 12H_2MoO_4 \longrightarrow H_8[Si(Mo_2O_7)_6] + 10H_2O$$

$$H_8[Si(Mo_2O_7)_6] + 4FeSO_4 + 2H_2SO_4 \longrightarrow H_8\left[Si\begin{matrix}(Mo_2O_7)_5\\ \\ Mo_2O_5\end{matrix}\right] + 2Fe_2(SO_4)_3 + 2H_2O$$

三、仪器与试剂

(1) 紫外-可见分光光度计;比色皿(1 cm)。

(2) 对照品:45 号钢样(硅的含量为 0.3%)。

(3) 40 g/L 高锰酸钾溶液;100 g/L 亚硝酸钠溶液。

(4) 50 g/L 钼酸铵溶液;50 g/L 草酸溶液;60 g/L 硫酸亚铁铵溶液;硫酸。

(5) 未知钢样。

四、实验步骤

(1) 对照品溶液制备　取 45 号钢标样约 0.1 g,精密称定,置于 250 mL 烧杯中,加入硫酸(1 mol/L)30 mL,低温缓慢加热至试样完全溶解,并煮沸,滴加 40 g/L 高锰酸钾溶液,至析出二氧化锰水合物沉淀,再煮沸约 1 min,滴加 100 g/L 亚硝酸钠溶液,至溶液清亮,继续煮沸1~2 min,冷却至室温,全部转移至 100 mL 容量瓶中,用水稀释至刻度,混匀。

(2) 显色反应　精密量取两份对照品溶液各 10.00 mL,分别置于 50 mL 容量瓶,一份加入草酸溶液 10.0 mL、钼酸铵溶液 5.0 mL、硫酸亚铁铵溶液 5.0 mL,用水稀释至刻度,混匀,作参比溶液;另一份小心加入钼酸铵溶液 5.0 mL,混匀,放置 15 min(或沸水浴中加热 30 s),再加入草酸溶液 10 mL,混匀,加入硫酸亚铁铵溶液 5.0 mL,用水稀释至刻度,混匀。

(3) 未知钢样测定:取未知样 0.1 g 左右,精密称定,按步骤(1)、(2)同法操作。

(4) 分别将标样和未知样的显色溶液于波长 680 nm 处测量溶液的吸光度值。

五、数据记录及处理

记录标样和未知样的吸光度值,用对照法计算钢样中硅的含量。

六、思考题

(1) 溶样为什么要在低温下进行?

(2) 如何控制钢铁中硅含量的测定条件?

(3) 参比溶液采用的类型及优点是什么?

实验 11　丹皮酚吸收曲线的测绘及丹皮酚注射液的含量测定

一、目的要求

（1）掌握测定及绘制药物吸收曲线的方法。

（2）掌握测定化合物吸收系数的方法。

（3）掌握紫外分光光度计的定量操作方法及药物含量的测定方法。

二、基本原理

（1）紫外-可见吸收曲线是物质因紫外-可见光辐射，吸收能量导致分子价电子跃迁而产生，并伴有分子的转动和振动能级跃迁，呈带状光谱。在一定条件下，化合物的紫外-可见吸收曲线的形状、吸收峰数目及位置（λ_{max} 或 λ_{min}）均一定，可以作为鉴别化合物的依据。吸收曲线可以通过配制适宜浓度的待测液，利用双波长或双光束紫外-可见分光光度计在一定波长范围内扫描得到，也可以用单光束紫外-可见分光光度计在不同波长处分别测定吸光度，绘制吸光度-波长曲线而得到。

（2）百分吸光系数是指当溶液浓度为 1％（1 g/100 mL），液层厚度为 1.00 cm 时，在一定波长处的吸光度。可通过配制一定浓度的溶液，在一定波长处测定的吸光度计算得到，即 $E_{1\text{ cm}}^{1\%}(\lambda)=A/(cl)$（100 mL/(g · cm)）。药典常用百分吸光系数计算含量。

（3）按《中国药典》（1997 年版）规定，丹皮酚注射液含丹皮酚应为标示量的 95.0％～105.0％。市售丹皮酚注射液的标示量为每 mL 含丹皮酚 5 mg。《中国药典》规定百分吸光系数 $E_{1\text{ cm}}^{1\%}$（274.0 nm）为 908，可利用丹皮酚在 274.0 nm 波长处测得的吸光度进行计算。

三、仪器与试剂

（1）紫外-可见分光光度计；石英比色皿（1 cm）；分析天平（0.01 mg）；容量瓶；移液管。

（2）0.5 mg/100 mL 丹皮酚溶液：取丹皮酚对照品 10 mg，精密称定，置于 100 mL 容量瓶，用乙醇溶解并定容，摇匀后，精密量取 5 mL 于 100 mL 容量瓶中，用乙醇稀释并定容，摇匀。

（3）乙醇：95％乙醇（AR）。

（4）样品溶液：精密量取丹皮酚注射液（标示量 $c_0=0.5$ g/100 mL）1 mL 于 100 mL 容量瓶，用乙醇溶解并定容，摇匀后，精密量取 1 mL 于 10 mL 容量瓶，用乙醇稀释并定容，摇匀，备用。

四、实验步骤

（1）描绘吸收曲线。将 0.5 mg/100 mL 丹皮酚溶液与空白溶液（乙醇）分别用两个相同厚度的石英比色皿盛装后，放置在比色皿架上，按仪器使用方法进行操作。在 230～290 nm 范围内，先每隔 10 nm 测定一次，找到波峰和波谷；在波峰和波谷附近，每隔 2 nm 测量一次，记录不同波长下的吸光度，以波长为横坐标，吸光度为纵坐标，绘制吸收曲线。

（2）测定吸收系数。将上述溶液在 274.0 nm 波长处测定其吸光度，计算百分吸光系数。

（3）测定含量。将样品溶液装于 1 cm 石英比色皿，以乙醇作参比，在 274.0 nm 波长处测定其吸光度，计算丹皮酚的百分含量及标示量的百分含量，并判断产品是否合格。

五、数据记录及处理

（1）丹皮酚吸收曲线的测绘（$T_{乙醇}=100\%$）。

λ/nm	230	240	250	260	270	280	290
A							

λ/nm	272	274	276	278			
A							

（2）吸收系数的测定：$A_{274.0\ nm}=$ _____。

（3）样品测定：$A_{274.0\ nm}=$ _____。

六、注意事项

（1）进行测量时，比色皿需加盖，防止溶液挥发。

（2）绘制吸收曲线时，应由小到大调整测定波长，以防止空回引起测量误差。

七、思考题

（1）单色光不纯对于测得的吸收曲线有什么影响？

（2）比较百分吸光系数测定值与药典值的一致性，若有误差，分析来源。

（3）试比较用标准曲线法与吸收系数法定量的优、缺点。

实验 12　紫外吸收光谱法测定蒽醌的含量和摩尔吸光系数

一、目的要求

（1）掌握紫外-可见分光光度计的工作原理及使用方法。

（2）掌握紫外-可见分光光度计扫描紫外吸收光谱及选择定量测定波长的方法。

（3）掌握紫外-可见分光光度法的定量分析方法及蒽醌摩尔吸光系数的测定方法。

二、基本原理

根据朗伯-比耳（L-B）定律，进行紫外-可见分光光度法定量分析，须选择合适的测定波长。为保证分析方法的灵敏度，一般选择最强吸收峰的最大吸收波长，若最强吸收峰有干扰，则可选择吸收峰较为平坦且无干扰的次强吸收峰的最大吸收波长作为测定波长。

蒽醌在波长 251 nm、323 nm 处分别有强吸收（$\varepsilon_{max}=4.6\times10^4$ L/(mol·cm)）和中强吸收峰（$\varepsilon'_{max}=4.7\times10^3$ L/(mol·cm)）；在蒽醌试样中含有邻苯二甲酸酐，虽然蒽醌分子结构的双键共轭体系大于邻苯二甲酸酐，其吸收峰红移比邻苯二甲酸酐大，且两者的吸收峰形状及其最大吸收波长均有不同（图 4-4），但在 251 nm 处邻苯二甲酸酐对蒽醌有干扰，因此选择 323 nm 作为定量分析蒽醌的测定波长。甲醇在 250～350 nm 无干扰，可用作参比溶液。

紫外-可见分光光度法的定量方法有标准曲线法（或称工作曲线法）、吸光系数法和对照法等，本实验采用标准曲线法测定试样中蒽醌的含量。

摩尔吸光系数不仅可以用于吸光系数法计算样品溶液的物质的量浓度，而且是衡量光度定量分析方法灵敏度的重要指标,可通过求标准曲线的斜率求得。

三、仪器与试剂

(1) 紫外-可见分光光度计;石英比色皿(1 cm,带盖);容量瓶;移液管。

(2) 蒽醌(AR);邻苯二甲酸酐(AR);甲醇(AR)。

图 4-4 蒽醌和邻苯二甲酸酐的甲醇溶液的紫外吸收光谱

(3) 0.050 g/L 蒽醌储备液:取蒽醌(AR)约 0.10 g,精密称定,置于 100 mL 容量瓶中,用甲醇溶解并稀释至刻度,摇匀;精密吸取 5 mL 该液于 100 mL 容量瓶中,用甲醇稀释至刻度,摇匀,备用。

(4) 0.1 g/L 邻苯二甲酸酐溶液:称取邻苯二甲酸酐(AR)0.10 g,用甲醇溶解至 100 mL,量取 10 mL,用甲醇稀释至 100 mL,摇匀,备用。

(5) 样品:蒽醌试液。

四、实验步骤

1. 蒽醌系列标准溶液的配制

分别精密吸取 0.050 g/L 蒽醌储备液 1.0 mL、2.0 mL、4.0 mL、6.0 mL、8.0 mL 于 10 mL 容量瓶中,用甲醇定容,摇匀,备用。

2. 吸收光谱

用系列标准溶液第五瓶,以甲醇作参比溶液,在 200～350 nm 波长范围扫描紫外吸收光谱,同时用同法对 0.1 g/L 邻苯二甲酸酐溶液扫描,确定蒽醌定量分析测定波长。

3. 标准曲线的制作

以 323 nm 为测定波长,以甲醇作参比溶液,分别测量蒽醌系列标准溶液的吸光度。以吸光度为纵坐标,标准溶液浓度为横坐标,绘制标准曲线,并通过计算标准曲线的斜率求摩尔吸光系数。

4. 样品测定

精密吸取蒽醌试液 5 mL 于 10 mL 容量瓶中,用甲醇定容,以制作标准曲线的实验条件,测定其吸光度,计算试样中蒽醌的含量(g/mL)。

五、思考题

(1) 为什么选用 323 nm 而不选用 251 nm 波长作为蒽醌定量分析的测定波长?

(2) 本实验为什么用甲醇作参比?

实验 13 红外分光光度计的使用与固体样品的制备

一、目的要求

(1) 掌握 KBr 压片制样方法。

（2）了解红外分光光度计的一般操作。

（3）了解化合物红外光谱图的初步解析步骤。

二、实验提要

（1）进行红外分析，对样品有一定要求，即样品的纯度必须大于 98% 且不含水。通常气、液及固体样品均可进行分析，但以固体样品的分析较为简便。

（2）固体样品制样有三种方法，即压片法、糊剂法及薄膜法，其中以压片法最为常用。

（3）在制样研磨过程中需在红外灯下进行操作。

三、仪器与试剂

（1）红外分光光度计；玛瑙乳钵；红外灯；油压压片机（配真空泵）；模具。

（2）KBr（光谱纯）。

（3）样品：水杨酸（AR）。

四、实验步骤

（1）仪器准备　打开红外仪，预热平衡，再打开电脑，进入红外工作站，设置相关参数。

（2）样品制备　取样品 1～2 mg，加入 200 目的 KBr 粉末 100～200 mg，于红外灯下在玛瑙乳钵中研磨均匀，装入压片模具，在抽真空状态下用油压机以 10～20 MPa 的压力压制 2 min，然后小心取下压片（厚度约 1 mm），装入样品架。

（3）样品测定　将样品架置于样品窗口，进行红外光谱扫描。

（4）样品解析　测试结束后，对未知物谱图进行解析，确定各峰归属。

五、注意事项

（1）红外分光光度计使用之前，要预热 30 min。

（2）参数设计要合理，否则会影响样品的红外图谱形状。

（3）样品的研磨要在红外灯下进行，防止样品吸水。

（4）压片时要抽真空，以除去样品粉末中的空气，以免压成的样品片减压碎裂。

（5）压片模具用后应立即用无水乙醇揩擦，以免吸湿腐蚀模具。

（6）在整个实验过程中，要严格避免水分的干扰。

六、思考题

（1）为什么在做红外分析时样品须不含水分？

（2）研磨操作过程为什么须在红外灯下进行？

实验 14　硫酸喹啉的荧光法分析

一、目的要求

（1）熟悉荧光分光光度计的使用。

（2）了解激发光谱和发射光谱的绘制方法。

二、基本原理

喹啉具有喹啉环结构,能产生较强荧光,故可在荧光分光光度计上描绘其激发谱与发射光谱。将激发荧光的光源用单色器使其分光后,测定每一波长激发光所发射的荧光,以 F-λ_{max} 作图,得到荧光物质激发光谱,并可找出其最大激发波长($\lambda_{max·ex}$)。若将激发光的波长及强度保持不变,使物质发生的荧光通过单色器色散,然后以荧光强度对其相应的发射波长(λ_{em})作图,可得到该物质发射光谱及最大发射波长($\lambda_{max·em}$)。

三、仪器与试剂

(1) 荧光分光光度计;容量瓶;移液管。
(2) 0.1 g/100 mL 硫酸喹啉储备液;0.05 mol/L H_2SO_4 溶液。

四、实验步骤

(1) 标准溶液的配制　精密吸取硫酸喹啉储备液 0.1 mL,置于 25 mL 容量瓶中,用 0.05 mol/L H_2SO_4 溶液稀释至刻度,摇匀。
(2) 激发光谱的绘制　将硫酸喹啉标准液放入比色皿中,固定发射波长于 450 nm,选择宽狭缝,将自动扫描开关置"激发光扫描"挡,拉开光门,描绘 250～400 nm 范围内的激发光谱,并找出最大激发波长($\lambda_{max·ex}$)。
(3) 荧光光谱的绘制　固定激发波长于最大激发波长处,选择宽狭缝,将荧光波长置于 500 nm 左右。选择窄狭缝,将自动扫描开关置"发射光扫描"挡,拉开光门,描绘 250～500 nm 范围内的荧光光谱,找出最大发射波长($\lambda_{max·em}$)。

五、思考题

简述狭缝的选择对本实验的影响。

实验 15　原子吸收分光光度法测定水中铜(钙、镁)的含量

一、目的要求

(1) 掌握原子吸收光谱分析法的基本原理。
(2) 熟悉用标准曲线法进行定量测定。
(3) 了解原子吸收分光光度计的基本结构、性能及操作方法。

二、基本原理

稀溶液中的铜(钙、镁)离子在火焰温度(小于 3 000 K)下变成铜(钙、镁)原子蒸气,由光源空心阴极铜(钙、镁)灯辐射出铜(钙、镁)的特征谱线,被铜(钙、镁)原子蒸气强烈吸收,其吸收的强度与铜(钙、镁)原子蒸气浓度的关系符合比耳定律。在固定的实验条件下,铜(钙、镁)原子蒸气浓度与溶液中铜(钙、镁)离子浓度成正比,即

$$A = Kc$$

式中:A 为吸光度;K 为常数;c 为溶液中铜离子的浓度。

根据标准曲线法,就可以求出待测溶液中铜(钙、镁)的含量。

三、仪器与试剂

(1) 原子吸收分光光度计;铜(钙、镁)元素空心阴极灯;乙炔钢瓶;空气压缩机。

(2) 容量瓶;移液管。

(3) 1 g/L 铜标准储备液:取光谱纯金属铜 0.1 g(或铜量相当的 CuO),准确称定,置于 100 mL 烧杯中,盖上表面皿,用硝酸溶液溶解,然后把溶液转移到 100 mL 容量瓶中,用 1% 硝酸溶液稀释到刻度,摇匀备用。

(4) 0.1 g/L 铜标准储备液:准确吸取 1 g/L 标准铜储备液 10 mL 于 100 mL 容量瓶中,用 1% 硝酸溶液稀释到刻度,摇匀备用。镁标准溶液 0.005 g/L;钙标准溶液 0.1 g/L。

(5) 硝酸(优级纯);去离子水。

(6) 样品:水样。

四、实验步骤

(1) 铜系列标准溶液的配制　精密吸取铜标准储备液(0.1 g/L)0 mL、0.5 mL、1 mL、1.5 mL、2 mL、2.5 mL,分别置于 100 mL 容量瓶中,用 1% HNO₃ 溶液稀释至刻度。

(2) 钙、镁系列标准溶液的配制　精密吸取 0.1 g/L 钙标准溶液 2 mL、4 mL、6 mL、8 mL、10 mL,分别置于 100 mL 容量瓶中,再依次精密吸取 0.005 g/L 镁标准溶液 2 mL、4 mL、6 mL、8 mL、10 mL 于上述对应的容量瓶中,用 1% HNO₃ 溶液稀释至刻度,摇匀。此系列标准溶液含钙为 2 mg/L、4 mg/L、6 mg/L、8 mg/L、10 mg/L,含镁为 0.1 mg/L、0.2 mg/L、0.3 mg/L、0.4 mg/L、0.5 mg/L。

(3) 仪器工作条件的选择　按变动一个因素,固定其他因素来选择最佳工作条件的方法,确定实验的最佳工作条件,如表 4-2 所示。

表 4-2　实验仪器最佳工作条件

	铜元素	钙元素	镁元素
空心阴极灯工作电流/mA	5	5	5
分析线波长/nm	325	422.7	422.7
燃烧器高度/mm	6	9	9
狭缝宽度/mm	0.2	0.5	0.5
燃烧器高度/mm	6	9	9

(4) 系列标准溶液的测定　在工作条件下,由稀到浓依次测定各标准溶液的吸光度 A。

(5) 样品溶液的测定　精密吸取水样适量(自来水:钙 10 mL、镁 2 mL),置于 100 mL 容量瓶中,用 1% HNO₃ 溶液稀释至刻度,摇匀,在相同条件下测定其吸光度 A。

五、数据记录及处理

记录各标准溶液和样品溶液的吸光度,以吸光度 A 为纵坐标,相应的标准溶液浓度 c 为横坐标,绘制工作曲线,在工作曲线上查出水样中相应元素的含量。或计算回归方程,以回归方程计算样品中被测元素的含量。

六、注意事项

(1) 注意乙炔流量和压力的稳定性。

(2) 乙炔为易燃、易爆气体,应严格按操作步骤进行,先通空气,后供给乙炔气体。结束或暂停实验时,要先关乙炔气体,再关闭空气,避免回火。

七、思考题

(1) 本实验的主要干扰因素及其消除措施有哪些?
(2) 标准溶液及样品溶液的酸度对吸光度有什么影响?

实验 16　硅胶 G 薄层板的制作与活度的测定

一、目的要求

(1) 掌握黏合薄层板的制作方法。
(2) 学会薄层色谱的基本操作方法。
(3) 了解硅胶 G 薄层板活度的测定方法。

二、基本原理

硅胶的吸附性质取决于连接在硅原子表面的羟基基团——硅羟基(—Si—OH),经活化后的硅胶如暴露在空气中,则能吸附水分使之减活。

硅胶黏合薄层板活度的测定方法,目前一般采用 Stahl 活度测定。将二甲黄、苏丹红、靛酚蓝混合溶液样品点在薄层板上,用石油醚展开 10 cm,斑点应不移动;如用苯展开则应分成三个斑点。合格的硅胶黏合薄层,其 R_f 值分别为二甲黄 $0.58\pm5\%$、苏丹红 $0.38\pm5\%$、靛酚蓝 $0.08\pm5\%$,其活度为 Ⅱ～Ⅲ 级,水分含量为 $5\%\sim15\%$。如 R_f 值小于标准值,表明硅胶的含水量小(新鲜活化的硅胶板),吸附能力强,活度级别低于 Ⅱ 级;如 R_f 值大于标准值,表明硅胶的含水量大(硅胶板暴露在空气中时间较长),吸附能力弱,活度级别高于 Ⅲ 级。硅胶活度级别与硅胶的含水量、吸附能力及样品 R_f 值的关系如下:

硅胶活度级别:　Ⅰ　Ⅱ　Ⅲ　Ⅳ　Ⅴ

硅胶含水量:　　小　$\longrightarrow$　大

硅胶吸附能力:　强　$\longrightarrow$　弱

样品 R_f 值:　　小　$\longrightarrow$　大

三、仪器与试剂

(1) 双槽层析缸;点样毛细管;电吹风;玻璃板(10 cm×20 cm);碾钵。
(2) 硅胶 G(薄层层析用);0.5％羧甲基纤维素钠溶液。
(3) 混合染料(含二甲黄、苏丹红、靛酚蓝各 0.40 g/L)。
(4) 展开剂:石油醚(AR)、苯(AR)。

四、实验步骤

(1) 硅胶黏合薄层板制备　称取硅胶(薄层层析用)7 g 于小碾钵中,加 0.5％羧甲基纤维素钠溶液约 20 mL,碾匀,铺于 10 cm×20 cm 玻璃板上,使形成均匀薄层。室温晾干,置烘箱中于 105～110 ℃活化 0.5 h,置干燥器中储存备用。

（2）层析缸饱和　量取石油醚和苯各 80 mL，分别倒入两只层析缸中，盖上层析缸盖，晃动溶液，使其均匀分配至双槽中。

（3）点样与展开　取薄层板一块，在距板的一端 2 cm 处用铅笔轻轻划上起始线，并在距起始线 10 cm 处划出前沿线。在起始线上划上 4 个点样点，每点间隔 2 cm，两侧点距边缘 2 cm。用内径 0.5 mm 的平口毛细管轻轻点上混合染料溶液，边点边用冷风吹，原点直径应不超过 3 mm。吹干溶剂，将薄层板置于放有苯的层析缸中，展开至前沿线时，取出，吹干溶剂，划出实际前沿线。另取一板，同上操作，置于放有石油醚的层析缸中，做对照实验。

（4）观察斑点的位置，测量计算出二甲黄、苏丹红、靛酚蓝的 R_f 值，判断活度。

$$R_f = \frac{\text{原点至染料斑点中心的距离}}{\text{原点至展开剂前沿的距离}}$$

五、注意事项

（1）点样量不宜太多，否则会造成拖尾，影响分离。

（2）展开剂石油醚或苯中含水量的多少会影响斑点的 R_f 值，所以层析缸必须干燥无水。加入展开剂后如发现混浊，表明展开剂中含水，应用展开剂将层析缸荡洗三次。

（3）展开剂不要加得太多，起始线不能浸入展开剂中，否则会使样点溶解，原点变大。

六、思考题

（1）制备硅胶薄层板时，应注意哪些问题？影响薄层色谱 R_f 值的因素有哪些？

（2）用硅胶薄层板分离混合物属于哪一种色谱原理？

实验 17　氧化铝的活度测定

一、目的要求

（1）掌握吸附柱和薄层软板的制备方法。

（2）熟悉用柱色谱和薄层色谱测定氧化铝活度的方法。

（3）了解吸附柱色谱和薄层色谱的一般操作方法。

二、基本原理

（1）氧化铝是常用的固定相吸附剂，它对物质的吸附性能与被吸附的物质结构有关。物质极性越小，氧化铝对其吸附能力越小，如用柱色谱进行分离，则物质就越容易流出；如用薄层色谱分离，则比移值越大。氧化铝的吸附能力等级测定方法中较常用的是 Brockmann 法，即观察氧化铝对多种偶氮染料的吸附情况衡量其活度。所用染料的吸附性递增排列顺序如下：偶氮苯（1 号）＜对甲氧基偶氮苯（2 号）＜苏丹黄（3 号）＜苏丹红（4 号）＜对氨基偶氮苯（5 号）＜对羟基偶氮苯（6 号）（表 4-3）。

（2）氧化铝的活性与含水量有关。含水量越高，吸附性能越小，柱上保留的东西就越少，流出液中的物质就越多，活性越弱，活性级别越高。根据氧化铝对以上染料的吸附情况，可将氧化铝的活度分为五级，用柱色谱法和薄层色谱法判断级别的依据分别见表 4-4 和表 4-5。

表 4-3 染料的编号、名称、结构和颜色

染料编号	染料名称	结构	颜色
1	偶氮苯		淡黄色
2	对甲氧基偶氮苯		淡黄色
3	苏丹黄		橙色
4	苏丹红		紫红色
5	对氨基偶氮苯		黄色
6	对羟基偶氮苯		黄色

表 4-4 氧化铝活度的柱色谱定级法

活度级别 染料位置	I	II	III	IV	V
柱上层	2	3	4	5	6
柱下层	1	2	3	4	5
流出液	—	1	2	3	4

表 4-5 氧化铝活度的薄层色谱定级法

活度级别 偶氮染料	II	III	IV	V
偶氮苯	0.59	0.74	0.85	0.95
对甲氧基偶氮苯	0.16	0.49	0.69	0.89
苏丹黄	0.01	0.25	0.57	0.78
苏丹红	0.00	0.10	0.33	0.56
对氨基偶氮苯	0.00	0.03	0.08	0.19

三、仪器与试剂

(1) 色谱柱(长 10 cm,内径 1.5 cm);层析缸(25 cm×6.5 cm×3 cm);玻璃板。

(2) 带橡皮套的玻璃棒;小漏斗;精制棉;毛细管点样器;量筒 10 mL。

(3) 2、3 和 4 号染料混合溶液:称取对甲氧基偶氮苯(2 号)、苏丹黄(3 号)、苏丹红(4 号)

各 20 mg,溶于 10 mL 纯的无水苯中,加入适量石油醚至 50 mL。

(4) 展开剂:苯-石油醚(体积比 1∶4)。

(5) 待测活度的氧化铝。

四、实验步骤

1. 柱色谱法测定氧化铝活度

(1) 色谱柱的准备　取一洁净色谱柱(长 10 cm,内径 1.5 cm,若不干净,则用洗脱液洗涤),取少量精制棉,用玻璃棒将其捅入(不要太紧),打开活塞,将色谱柱垂直地夹于蝴蝶夹上。称量待测活度的氧化铝粉末 6 g,将其通过小漏斗注入色谱柱管内(氧化铝高度约为 6 cm)。关紧活塞,用带有胶头的玻璃棒均匀地敲打有氧化铝的柱体部分,使其填装紧密。

(2) 活度的测定　打开活塞,用胶头滴管将 5 mL 混合染料溶液沿色谱柱壁旋转缓慢加入色谱柱内。取一洁净的小烧杯放置于色谱柱下方,收集流出液,待染料溶液全部通过色谱柱后,立即以干燥的洗脱液 20 mL 淋洗色谱柱,控制流速在每分钟 20～30 滴。

观察和记录流出液的颜色和色谱柱上的颜色及位置,根据表 4-4,判断氧化铝活度级别。

2. 薄层色谱法测定氧化铝活度

(1) 氧化铝软板的制备(干法铺板)　称取待测氧化铝约 15 g,撒在洁净、干燥的玻璃板上(玻璃板下面可垫一张白纸),另取比玻璃板宽度稍长的玻璃棒,在两端各绕 3 圈胶布,其距离即为薄层的宽度,其厚度即为薄层的厚度。双手均匀用力,推挤氧化铝至玻璃板的另一端,使成一均匀平坦的薄层。

(2) 点样、展开　取氧化铝薄层板一块,距一端 2.5 cm 处作为起始线。取毛细管点样器一根,点加染料混合液于起始线中点。在色谱缸内放入 10 mL 展开剂,预饱和 15 min 后展开。待展开剂前沿距起始线约 15 cm 时取出。观察各染料的位置和颜色,测定比移值,根据表 4-5 确定氧化铝的活度。

五、数据记录及处理

1. 柱色谱法测定氧化铝的活度

位　置	颜　色	染　料
柱上层		
柱下层		
流出液		

氧化铝活度级别为＿＿＿＿＿＿级。

2. 薄层色谱法测定氧化铝的活度

$l_0 =$＿＿＿＿＿＿ cm

	对甲氧基偶氮苯	苏 丹 黄	苏 丹 红
颜色			
l/cm			
$R_f = l/l_0$			

　　氧化铝的活度级别为_____级。

六、注意事项

　　(1) 制备色谱柱时,精制棉用量不要太多,否则影响流速;也不能太少,否则漏液。

　　(2) 染料溶液应小心地加到柱色谱上,注意不要使氧化铝表面受到扰动。

　　(3) 用柱色谱法定级时,为了便于观察现象,可以事先将多余的洗脱液倒掉,待染料快要流出时,再收集。

　　(4) 在氧化铝薄层上点样时,注意不要太用力,以防止吸入氧化铝。

　　(5) 所用溶液为有机溶剂,整个过程注意防水,同时要注意溶液回收,都倒入废液缸中,不要直接倒入下水道。废液缸要密闭。

七、思考题

　　(1) 根据染料的结构,说出极性递增的顺序。

　　(2) 如何改变氧化铝的活度级别?

实验18　生物碱的薄层色谱法

一、目的要求

　　(1) 掌握薄层色谱的一般操作方法。

　　(2) 了解薄层色谱在分离、鉴定方面的应用。

二、基本原理

　　同一成分在相同的色谱条件下应有相同的色谱行为。在一定的色谱条件下,采用对照法,利用与对照品相同的位置有相同颜色的斑点鉴别成分,据此判断混合样品的组分。如喹啉衍生物类生物碱可用薄层色谱法分离、鉴定,硅胶为固定相,对物质的吸附性能与被吸附物质的结构有关。物质极性越小,其吸附能力越小。

$R=CH_3O$　喹啉(左旋),奎尼丁(右旋)

$R=H$　辛可宁(右旋),辛可尼丁(左旋)

三、仪器与试剂

　　(1) 层析缸;预制硅胶板;毛细管点样器;喷雾器;电吹风。

　　(2) 0.5%喹啉的氯仿溶液;0.5%辛可宁的氯仿溶液。

　　(3) 展开剂:石油醚-乙酸乙酯-二乙胺(体积比 9∶6∶2)。

　　(4) 显色剂:改良碘化铋钾试剂。

　　(5) 待检样品。

四、实验步骤

（1）点样　取薄层板一块,距板的一端 1.5 cm 处,用铅笔轻轻画一横线作为起始线,把点样点的位置空出,两点样点间距不小于 1 cm,在板的另一端的相应处写上所点样品名称。点样时,选取毛细管比较平整的一边吸取一点样品,将辛可宁、喹啉对照品分别点在两端,混合样品点在中间,轻轻点一下,注意不要破坏薄层。点的直径不大于 3 mm。

（2）展开　在层析缸中倒入展开剂 10 mL,此时将色谱缸的一端垫起,将点好样品的薄层板倾斜置于色谱缸中没有展开剂的一端,倾斜角度为 15°～20°。预饱和 15 min。再小心将色谱缸放平,此时有样品的一端浸入展开剂中,浸没深度约为 0.5 cm。注意展开剂不得过原点。待展开剂前沿离原点 5 cm 左右时,取出,立即用铅笔标出溶剂前沿,并用电吹风吹干(可吹薄层板的背面)。

（3）显色　在薄板上喷以改良碘化铋钾试剂,开始少量喷,在有斑点的位置多喷。立即用铅笔标出斑点的位置,并记录斑点的颜色。

（4）定性分析　观察各斑点的位置和颜色,找到每个斑点的中心,做好现象记录,根据表格分别测量 l 和 l_0 值,然后计算比移值,判断待测样品中含有哪些成分。

五、数据记录及处理

将实验数据记录、处理,填入下表:

$l_0 = $ _____ cm

	辛可宁	喹啉	样品点 1	样品点 2
颜色				
l/cm				
R_f				

待测样品中含有的组分为 _____ 。

六、思考题

（1）试论述薄层色谱定性的依据及计算方法。

（2）用硅胶薄层色谱分离化合物,其比移值和结构有什么关系?

实验 19　有机酸的纸色谱定性

一、目的要求

（1）掌握纸色谱的操作方法。

（2）熟悉纸色谱的分离原理。

（3）了解纸色谱法在分离、定性方面的应用。

二、基本原理

纸色谱是平面色谱的一种,其固定相是附着在纸纤维上的水,展开剂(流动相)一般为有机试剂,其固定相极性大于流动相,属于正相分配色谱,分离极性有差别的化合物。极性较强的组分与固定相作用力强,在固定相中的溶解度比极性弱的组分大,因而在固定相中的保留时间较长,后被洗脱,其比移值较小。

酒石酸和羟乙酸存在极性差异。前者极性较强,在相同的色谱条件下,比移值较小;反之,后者较大。同一物质,在相同的色谱条件下,应在相同位置有相同颜色的斑点。应用对照法,依据样品和对照品在相同位置有相同颜色斑点,可以判断未知酸中是否含有对照品组分。

三、仪器与试剂

(1) 色谱筒(高 22 cm,内径 5.5 cm);玻璃挂钩(带塞);培养皿(直径 12 cm)。

(2) 毛细管点样器;电吹风;色谱滤纸。

(3) 展开剂:正丁醇-醋酸-水(体积比 12:3:5)。

(4) 显色剂:0.04% 溴酚蓝乙醇溶液;喷雾器。

(5) 有机酸:2% 酒石酸和 2% 羟乙酸(均为乙醇溶液)。

(6) 样品:未知混合酸乙醇溶液。

四、实验步骤

1. 条形滤纸

(1) 色谱纸准备　裁剪一条色谱滤纸(裁剪规格为 4 cm×15 cm,色谱纸应保证平整和干净,所以整个操作都要在一张大白纸上进行),距纸的一端 2 cm 处,用铅笔画一横线作为起始线,并用铅笔标明对照品、样品位置(在起始线上每间距约 1.5 cm 做标记,酒石酸和羟乙酸在滤纸起始线的两边,混合样品点在中间),在色谱纸上端打一孔,使色谱纸能够悬挂于色谱筒内。

(2) 点样　用毛细管取样品。选取毛细管比较平整的一端吸取样品,在相应样点位置上轻轻点一下,一般要点样 1~2 次,点的直径一般不大于 3 mm,越小越好,必须待水印完全消失后,才可以继续点样或展开。

(3) 展开　在色谱筒中倒入展开剂,将点好样的色谱纸悬空挂在密闭色谱筒的挂钩上,预饱和 15~20 min。再小心将挂钩往下推动,直至有样品的一端浸入展开剂中,注意展开剂不得过原点。待展开前沿离原点 6 cm 左右时,取出,立即用铅笔标出溶剂前沿,并用电吹风吹干,直至无酸味。

(4) 显色　均匀喷射显色剂。开始少量喷,在有斑点的位置多喷些。显色结束后,立即用铅笔标出斑点位置。然后找到每个斑点的中心,做好现象记录。

(5) 定性　分别测量 l 和 l_0 值,计算比移值。根据现象记录,判断待测样品中是否含有酒石酸和羟乙酸。

2. 圆形滤纸

(1) 色谱纸准备　将滤纸剪成一个直径为 12.5 cm 的圆,在圆的正中间用铅笔轻轻画一个小圆,直径约为 1.5 cm,在圆心处戳一个洞,过圆心再画三条线,将圆形滤纸六等分。注意在小圆和线交叉的地方不要用铅笔画上痕迹,这是点样的位置。把点样的名称标在大圆的四周,样品酒石酸和羟乙酸对称,待测样品对称。

(2) 点样　点样操作同"条形滤纸"。

(3) 展开　将展开剂倒入一小培养皿,放在培养皿正中。卷一实心的纸芯插在色谱纸正中的洞中,将点好样的滤纸写有字的一面朝上,把纸芯竖直浸入展开剂中,盖上培养皿盖,展开。当展距达到 4~4.5 cm 时将滤纸取出，并且立即用铅笔标出溶剂前沿。

（4）显色　将滤纸用吹风机吹干，直到没有酸味，均匀喷显色剂。显色结束后，立即用铅笔标出斑点位置。然后找到每个斑点的中心，做好现象记录。

（5）定性　分别测量 l 和 l_0 值，计算比移值。根据现象记录，判断待测样品中是否含有酒石酸和羟乙酸。

五、实验记录及处理

1. 长条滤纸：$l_0 =$ _____ cm

	酒石酸	羟乙酸	样品点 1	样品点 2
颜色				
l/cm				
R_f				

2. 圆形滤纸：$l_0 =$ _____ cm

	酒石酸	羟乙酸	样品点 1	样品点 2
颜色				
l/cm				
R_f				

六、注意事项

（1）色谱纸要平整，不得玷污，操作时可在下面垫一白纸。

（2）条形色谱纸要挂垂直，圆形色谱纸要放水平，纸芯要捻成实心的，并竖直放置。

（3）显色前必须把整张色谱纸吹干，直到无酸味为止；展开剂回收。

（4）铅笔、圆规和直尺自备，不能用钢笔或圆珠笔在色谱纸上做记号。

七、思考题

（1）纸色谱的固定相是什么？

（2）纸色谱定性的依据及计算方法是怎样的？

实验 20　气相色谱仪的基本操作与色谱柱性能检查

一、目的要求

（1）掌握气相色谱柱的性能检查方法。

（2）掌握气相色谱仪的基本操作方法。

（3）了解气相色谱仪的工作原理和构造。

二、基本原理

应用色谱法进行定量分析，需对系统进行适应性试验，《中国药典》规定需对柱效、分离度、拖尾因子进行检查。本实验的检查内容包括色谱柱的理论塔板数和分离度。

（1）理论塔板数　理论塔板数用于判断柱效,同一色谱柱对于不同化合物柱效不一定相同。

$$n = 5.54 \left(\frac{t_R}{W_{1/2}}\right)^2 = 16 \left(\frac{t_R}{W}\right)^2$$

（2）分离度　分离度是判断相邻两组分在色谱柱中总分离效能的指标。分离度大于 1.5,表示达到基线分离。

$$R_S = \frac{2(t_{R_2} - t_{R_1})}{W_1 + W_2} = \frac{2(t_{R_2} - t_{R_1})}{1.699(W_{1/2_{(1)}} + W_{1/2_{(2)}})}$$

三、仪器与试剂

（1）气相色谱仪;氢火焰离子化检测器;5 μL 微量注射器。

（2）0.05％苯-甲苯(体积比 1:1)的二硫化碳溶液,所用试剂均为 AR 级。

四、实验步骤

（1）色谱条件　气体流速:载气 N_2 为 3 mL/min,燃气 H_2 为 40 mL/min,助燃气空气为 380 mL/min。温度:汽化室为 150 ℃,柱箱为 80 ℃,检测器为 130 ℃。

（2）溶液配制　精密吸取对照品甲苯储备液(1.0 mg/mL)1.0 mL 于 50 mL 容量瓶中,加二硫化碳稀释至刻度;精密吸取该溶液 1.0 mL、苯储备液(0.02 g/L)1.0 mL 于 10 mL 容量瓶中,加二硫化碳至刻度,摇匀。

（3）吸取溶液 0.6 μL,注入气相色谱仪进行分析,根据色谱图上各组分峰的参数,按公式计算理论塔板数及分离度。

五、实验记录及处理

（1）色谱条件记录如下。

色谱柱:_____。柱温:_____℃。载气:_____。载气流速:_____
mL/min。检测器:_____。检测器温度:_____℃。量程_____。

辅助气:H_2_____ mL/min,空气_____ mL/min。汽化室温度:_____℃。

（2）记录组分名、保留时间、半峰宽(或峰宽)等参数,分别计算苯和甲苯的理论塔板数及两者的分离度。

	t_R	W(或 $W_{1/2}$)	n	R_s
苯				
甲苯				

六、注意事项

（1）实验前认真预习气相色谱仪的使用方法及使用注意事项。本实验也可采用 TCD 检测器。

（2）注意使用微量注射器时的操作要领,应注意避免针头和针芯被折弯。使用前应先用被测溶液洗涤数次,吸取样品时,注射器中不应有气泡。

（3）鉴于二硫化碳的毒性，对照液和样品混合液可直接使用试剂，而不使用二硫化碳作溶剂。这时，FID的量程挡可适当降低。

（4）在进行结果处理应用公式时，注意 t_R 和 W 或 $W_{1/2}$ 单位的一致性。

（5）实验完毕，注意物品归位，做好仪器使用登记。

七、思考题

（1）选择柱温的原则是什么？如样品组分中最高沸点为 100 ℃，则柱温、汽化室及检测器的温度应怎样选择以进行初步试验？

（2）为什么检测器温度必须大于柱温？

（3）色谱柱的理论塔板数受哪些因素影响？分离度是否越大越好？

实验 21　气相色谱法定量分析（内标一点法）

一、目的要求

（1）掌握气相色谱仪的使用方法。

（2）掌握使用内标一点法测定含量的方法。

（3）了解气相色谱仪的工作原理和构造。

二、基本原理

气相色谱的定量方法常采用内标法，内标法又分标准曲线法、一点法、校正因子法。使用内标法可抵消仪器稳定性差、进样量不准确等带来的误差。内标法是选择样品中不含有的纯物质作为内标物，将其加入待测样品溶液中，以待测组分和内标物的响应信号对比，测定待测组分的含量。

对照品：
$$\frac{c_{ir}}{c_{sr}} = \frac{f_i A_{ir}}{f_s A_{sr}} = f' \frac{A_{ir}}{A_{sr}}$$

样品：
$$\frac{c_{ix}}{c_{sx}} = \frac{f_i A_{ix}}{f_s A_{sx}} = f' \frac{A_{ix}}{A_{sx}}$$

若配制的对照品溶液和样品溶液的内标物浓度相同，则有

$$c_{ix} / c_{ir} = \frac{A_{ix}}{A_{sx}} \bigg/ \frac{A_{ir}}{A_{sr}}$$

甲苯是药物制备过程中常见的一种有机溶剂，在成品中常有残留，其检出限量为0.089%。甲苯的测定方法可采用 GC 法，以苯为内标。

$$w_{甲苯} / (\%) = \frac{c_{ix} D}{m_i} \times 100$$

式中：D 为稀释倍数；m_i 为取样量。

三、仪器与试剂

（1）气相色谱仪；氢火焰离子化检测器；5 μL 微量注射器。

（2）聚乙二醇（PEG）-20M 固定相。

（3）容量瓶；吸量管。

（4）0.89 g/L 甲苯对照品储备液（二硫化碳溶液）；0.89 g/L 内标物苯储备液,所用试剂均为 AR 级。

（5）样品:吡洛卡品。

四、实验步骤

（1）色谱条件　气体流速:载气 N_2 为 3 mL/min,燃气 H_2 为 40 mL/min,助燃气空气为 380 mL/min。温度:进样器为 150 ℃,柱箱为 80 ℃,检测器为 130 ℃。

（2）对照品溶液配制　精密吸取甲苯对照品储备液(0.89 g/L)1 mL 于 10 mL 容量瓶中,加二硫化碳稀释至刻度;精密吸取该溶液 1 mL、内标物苯储备液(0.89 g/L)1.0 mL 于 10 mL 容量瓶中,加二硫化碳至刻度,摇匀。

（3）样品溶液的配制　取样品吡洛卡品 1 g,精密称定,置于 10 mL 容量瓶中,加入内标物苯储备液(0.89 g/L)1.0 mL,加二硫化碳至刻度,摇匀,即得。

（4）将对照品与样品溶液分别进样 0.6 μL,根据色谱图上各组分的峰面积,按公式计算样品含量。

五、数据记录及处理

将实验数据记录、处理,填入下表:

对照品＿＿＿＿＿＿ mg;样品＿＿＿＿＿＿ mg

	A_i	A_s	A_i/A_s	含量	平均含量
对照品 1					
对照品 2					
样品 1					
样品 2					

六、思考题

（1）内标法对内标物的要求是什么?

（2）内标法的优、缺点是什么?

（3）甲苯的溶剂残留是否可以采用 HPLC 法? 为什么首选 GC 法?

实验 22　气相色谱法定量分析(内标校正因子法)

一、目的要求

（1）掌握气相色谱仪的使用方法。

（2）掌握内标校正因子法测定含量的方法。

（3）了解气相色谱仪的工作原理和构造。

二、基本原理

气相色谱的定量方法常采用内标法,内标法又分标准曲线法、一点法、校正因子法。使用内标法可抵消仪器稳定性差,进样量不准确等带来的误差。内标法是选择样品中不含有的纯物质作为内标物,将其加入待测样品溶液中,以待测组分和内标物的响应信号对比,测定待测组分的含量。校正因子法可由对照品溶液得到校正因子,在相同条件下分析,若已知取样量及样品中内标物的准确量,即可由样品色谱图的被测组分和内标物的峰面积计算被测组分含量。

$$f' = \frac{f_i}{f_s} = \frac{m_i/A_i}{m_s/A_s}, \quad \frac{m_i}{m_s} = f' \times \frac{A_i}{A_s}$$

$$w_x/(\%) = \frac{m_{ix}}{m_样} \times 100 = \frac{m_{ix}}{m_{sx}} \times \frac{m_{sx}}{m_样} \times 100 = f' \times \frac{A_{ix}}{A_{sx}} \times \frac{m_{sx}}{m_样} \times 100$$

三、仪器与试剂

(1) 气相色谱仪;氢火焰离子化检测器;5 μL 微量注射器。

(2) 聚乙二醇(PEG)-20M 固定相。

(3) 容量瓶;吸量管。

(4) 水杨酸甲酯;龙脑对照品;醋酸乙酯。

(5) 样品:冰片。

四、实验步骤

(1) 色谱条件　聚乙二醇(PEG)-20M 固定相。温度:汽化室为 180 ℃,柱箱为 140 ℃,检测器为 180 ℃。要求理论塔板数按龙脑计不低于 1 900。

(2) 内标溶液的配制　取水杨酸甲酯适量,精密称定,用醋酸乙酯配成 5 g/L 的内标溶液。

(3) 对照品溶液的配制　取龙脑对照品 50 mg,精密称定,置于 100 mL 容量瓶中,用内标溶液溶解,并稀释至刻度,摇匀。

(4) 校正因子的测定　精密吸取对照品溶液 1.0 μL,注入气相色谱仪分析,由对照品的量和峰面积及内标物的量和峰面积计算校正因子。

(5) 样品中龙脑含量测定　取冰片约 50 mg,精密称定,置于 10 mL 容量瓶中,用内标溶液溶解,并稀释至刻度,摇匀。精密吸取对照品溶液 1.0 μL,注入气相色谱仪分析,由样品的量和峰面积及内标物的量和峰面积计算含量。

五、数据记录及处理

将实验数据记录、处理,填入下表:

对照品＿＿＿＿＿＿mg;内标物＿＿＿＿＿＿mg;样品＿＿＿＿＿＿mg

	A_i	A_s	m_s	f'	含　量	平均含量
对照品 1						
对照品 2						
样品 1						
样品 2						

六、思考题

比较内标一点法与内标校正因子法。

实验 23　气相色谱法定量分析(归一化法)

一、目的要求

(1) 练习气相色谱仪的使用。

(2) 学会质量校正因子的测定和归一化定量法。

二、基本原理

气相色谱定量分析方法有外标法、内标法、归一化法。当样品中各组分都能流出色谱柱且均能在检测器上有信号,并相互都能分开,则可以利用归一化法进行定量分析。样品中某一组分的含量即为

$$w_i/(\%) = \frac{A_i f_i}{\sum A_i f_i} \times 100$$

质量校正因子可以查手册,也可自行测定。测定时取已知含量(或质量配比)的混合液,从色谱图中得到相应的峰面积计算。由

$$\frac{A_i f_i}{A_s f_s} = \frac{m_i}{m_s}$$

得

$$f_i = \frac{A_s f_s}{A_i} \times \frac{m_i}{m_s}$$

内标的校正因子可查手册得到,如苯的校正因子 $f_s = 0.78$(TCD)。

三、仪器与试剂

(1) 气相色谱仪(TCD);5 μL 微量注射器。

(2) 对照液:苯-甲苯溶液(体积比 1:1)。

(3) 样品:苯-甲苯混合样品液。

四、实验内容

(1) 仪器条件　色谱柱:2 m×4 mm,15%DNP-6201 固定相(60~80 目)。柱温:100 ℃左右。检测器:TCD。载气:N$_2$(30~60 mL/min)。

(2) 用微量注射器吸取对照液 0.8 μL 进样分析,记录色谱图,测定相应的峰面积,计算甲苯的校正因子。

(3) 用微量注射器吸取样品液 0.8 μL 进样分析,记录色谱图,测定相应的峰面积,计算各组分的质量分数。

五、数据记录及处理

记录组分峰面积参数,并计算校正因子和归一化含量。

本实验中组分出峰顺序是什么?

实验 24 气相色谱法定性分析

一、目的要求

(1) 掌握气相色谱仪的使用方法。

(2) 掌握利用标准品直接对照定性的原理与方法。

二、基本原理

依据同一物质在同一色谱柱和相同操作条件下保留值相同的原理,利用标准品直接对照定性是气相色谱中一种常用的定性鉴别方法,分别测量标准品和样品在同一实验条件时的保留值,通过比较来定性。该方法适用于鉴别范围已知的未知物。

三、仪器与试剂

(1) 气相色谱仪(FID);5 μL 微量注射器。

(2) 苯对照液;甲苯对照液;二甲苯对照液。

(3) 苯、甲苯、二甲苯的混合样品液。

四、实验步骤

(1) 仪器条件 色谱柱:2 m×4 mm,15%DNP-6201 固定相(60~80 目)。柱温:100 ℃左右。检测器:TCD。载气:N_2(30~60 mL/min)。

(2) 分离与鉴定 在上述实验条件下,分别取苯、甲苯、二甲苯对照液及混合样品液各 0.5 μL 进样,记录色谱图,用保留时间对照定性。

五、数据记录及处理

记录组分名、保留时间等参数。

六、注意事项

(1) 利用标准品直接对照定性时,需保持实验条件的恒定。

(2) 由于常用的分析纯二甲苯中含有乙苯(一般为 17%),故色谱图上会出现乙苯的色谱峰。混合样品的出峰顺序为苯、甲苯、乙苯、对二甲苯、间二甲苯和邻二甲苯。

七、思考题

(1) 利用标准品直接对照定性应注意什么? 如何操作?

(2) 本实验中组分出峰顺序的主要依据是什么?

实验 25　高效液相色谱仪的基本操作与色谱柱性能检查

一、目的要求

（1）掌握色谱柱理论塔板数和理论塔板高度、色谱峰拖尾因子和分离度的计算方法。

（2）掌握高效液相色谱仪的使用方法。

（3）了解高效液相色谱仪的构造及工作原理。

（4）了解考察色谱柱的基本特性的方法和指标。

二、基本原理

（1）理论塔板数和理论塔板高度　在色谱柱性能测试中，理论塔板数或理论塔板高度反映了色谱柱本身的特性，是一个具有代表性的参数，可以用其衡量柱效能。根据塔板理论，理论塔板数越大，板高越小，柱效能越高，用各色谱峰的保留时间和峰的区域宽度计算其值。

$$n = 5.54 \left(\frac{t_R}{W_{1/2}}\right)^2 = 16 \left(\frac{t_R}{W}\right)^2, \quad H = \frac{L}{n}$$

（2）拖尾因子　拖尾因子计算参数示意图如图 4-5 所示。色谱柱的热力学性质和柱填充的均匀与否，将影响色谱峰的对称性，色谱峰的对称性用峰的拖尾因子（T）来衡量，T 值应在 $0.95 \sim 1.05$ 范围内。

$$T = \frac{W_{0.05h}}{2d_1}$$

（3）分离度　分离度是从色谱峰判断相邻两组分在色谱柱中总分离效能的指标，用 R 表示。相邻两组分的分离度应大于 1.5，才能达到完全分离。

图 4-5　拖尾因子计算参数示意图

$$R = \frac{2(t_{R_2} - t_{R_1})}{W_1 + W_2} = \frac{2(t_{R_2} - t_{R_1})}{1.699(W_{1/2_{(1)}} + W_{1/2_{(2)}})}$$

考察各类型色谱柱性能的常用化合物及操作条件见表 4-6。

表 4-6　色谱柱类型与操作条件

柱 类 型	检测用化合物	流 动 相
吸附柱	苯、甲苯、萘、联苯	乙烷或庚烷
反相柱	苯、甲苯、萘、菲、联苯等	甲醇-水（体积比 80∶20）
氰基柱	甲苯、苯乙腈、二苯酮等	乙烷-异丙醇（体积比 98∶2）
氨基柱	联苯、菲、硝基苯等	庚烷或异辛烷
醚基柱	邻、间、对-硝基苯胺等	乙烷-二氯甲烷-异丙醇（体积比 65∶30∶5）

三、仪器与试剂

（1）高效液相色谱仪（紫外检测器）；微量注射器（25 μL）或自动进样器。

（2）C_{18} 反相键合相色谱柱（150 mm×4.6 mm，5 μm）。

（3）溶剂过滤器（0.45 μm）及脱气装置。

（4）0.05％苯和甲苯(体积比 1∶1)的甲醇溶液。

（5）甲醇(色谱纯)；重蒸馏水(新制)。

四、实验步骤

（1）流动相的配制　量取甲醇(色谱纯)和重蒸馏水(体积比 80∶20)，混合后，用 $0.45~\mu m$ 滤膜过滤脱气。

（2）设置色谱条件　色谱柱：C_{18} 反相键合相色谱柱(150 mm×4.6 mm，5 μm)。流动相：甲醇-水(体积比 80∶20)。流速：1 mL/min。检测器：紫外检测器。检测波长：254 nm。柱温：30 ℃。

（3）用微量注射器吸取 0.05％苯和甲苯(体积比 1∶1)的甲醇溶液 10 μL，注入色谱仪分析，记录色谱图并作数据处理、打印。

五、数据记录及处理

（1）色谱条件如下。

色谱柱：_____。柱温：_____ ℃。流动相：_____。

流速：_____ mL/min。检测器：_____。检测波长：_____。

（2）记录组分名、保留时间、峰宽(或半峰宽)等参数，分别计算苯和甲苯的理论塔板数、理论塔板高度、拖尾因子及两者的分离度。

	t_R	W(或 $W_{1/2}$)	$W_{0.05h}$	d_1	n	H	T	R_s
苯								
甲苯								

六、注意事项

（1）实验前认真预习高效液相色谱仪的使用方法及使用注意事项。

（2）手动进样时要用平头微量注射器，不可用气相分析的尖头微量注射器，注意使用时的操作要领，防止针头和细长针芯折弯。使用前应先用被测溶液洗涤数次，吸取样品时，注射器中不应有气泡。

（3）注意流动相不能流干，废液瓶及时清空，以免废液溢出。

七、思考题

（1）流动相在使用前为何要脱气？

（2）在反相色谱中，流动相和固定相哪个极性大？与正相色谱相比，有何不同？

（3）使用化学键合相色谱柱时，流动相的 pH 值应控制在什么范围内？

实验 26　高效液相色谱法定量分析(外标法)

一、目的要求

（1）掌握高效液相色谱仪的使用方法。

（2）掌握高效液相色谱的定量测定方法。

二、基本原理

高效液相色谱的定量方法常采用外标法,外标法又分标准曲线法、一点法和两点法。当标准曲线法为过原点的直线时,则可用一点法进行含量测定,其误差来源主要为进样量不准确。在药物分析中,为了减小实验条件波动对分析结果的影响,常采用随行外标一点法,即每次测定都同时进对照品与样品溶液。在同一台仪器同样的分析条件下,进同样体积的对照品溶液和样品溶液分析,则有

$$\frac{A_{样}}{A_{标}} = \frac{c_{样}}{c_{标}}$$

即

$$c_{样} = \frac{A_{样} \times c_{标}}{A_{标}}$$

苯是药物制备过程中常见的一种有机溶剂,在成品中常有残留,其检出限量为 20 ppm (0.002％)。其紫外最大吸收波长在 254 nm,可在该波长处利用外标法对苯进行含量测定。

丹参酮 II_A 是药材丹参的有效成分之一,其含量是用作控制药材质量的指标,其紫外最大吸收波长在 270 nm,可在该波长处利用外标法对其进行含量测定。

三、仪器与试剂

（1）高效液相色谱仪（紫外检测器）;25 μL 微量注射器或自动进样器。

（2）C_{18} 反相键合相色谱柱（150 mm×4.6 mm,5 μm）。

（3）溶剂过滤器（0.45 μm）及脱气装置。

（4）0.05％苯的甲醇溶液或丹参酮 II_A 对照品。

（5）甲醇（色谱）;重蒸馏水（新制）。

（6）样品:药物或丹参药材。

四、实验步骤

1. 流动相的配制

量取甲醇（色谱）和重蒸馏水（体积比为 80∶20 或 75∶25）,置量筒中混合后,用 0.45 μm 滤膜过滤脱气。

2. 色谱条件

固定相:C_{18} 反相键合相色谱柱（150 mm×4.6 mm,5 μm）。流动相:苯为甲醇-水（体积比 80∶20）或丹参酮 II_A 为甲醇-水（体积比 75∶25）。流速:1 mL/min。检测波长:苯在 254 nm 或丹参酮 II_A 在 270 nm。柱温:30 ℃。

3. 含量测定

（1）对照品溶液的配制　精密吸取苯对照品储备液（0.1 mg/mL）1 mL,置于 10 mL 容量瓶中,加甲醇稀释至刻度,摇匀,即得（或:取丹参酮 II_A 对照品 10 mg,精密称定,置于 50 mL 棕色容量瓶中,加甲醇至刻度,摇匀;精密量取该溶液 2 mL,置 25 mL 棕色容量瓶中,加甲醇至刻度,摇匀,即得每 L 含丹参酮 II_A16 mg 的溶液）。

（2）样品溶液的配制　精密称取某制剂细粉约 1 g,置于 50 mL 带塞三角烧瓶中,准确加入甲醇 10.0 mL,振摇使本品分散,密塞振摇 1 h,取上清液作为供试品溶液,用 0.45 μm 滤膜

过滤(或：取药材粉末(过 50 目筛)0.3 g，精密称定，置于 50 mL 容量瓶中，加入甲醇约 40 mL，超声 30 min，取出，放冷至室温，用甲醇定容，摇匀；取适量该溶液用 0.45 μm 滤膜滤过，取续滤液，即得)。

(3) 精密吸取对照品和样品溶液 10 μL，分别注入高效液相色谱仪进行分析，根据对照品和样品溶液色谱图上苯(丹参酮 II_A)的峰面积用标准品对照法(外标一点法)计算其制剂中苯(丹参酮 II_A)的含量。

五、数据记录及处理

将实验数据记录、处理，填入下表：

溶　液	次　　数	A	$A_{平均}$	$c_{样}$ /(mg/mL)
对照品	1			—
	2			—
样品	1			
	2			

六、思考题

(1) 外标一点法的主要误差来源是什么？欲获准确的实验结果，在实验操作中应注意哪些问题？使用六通阀手动进样器时要注意什么？

(2) 比较外标法和内标法。

第 5 章　综合性实验

实验 1　混合碱样品各组分含量测定

一、目的要求

（1）了解混合碱的组成判断及其含量的测定方法。

（2）了解双指示剂法。

二、基本原理

Na_2CO_3 为二元碱，有两个计量点，可选择合适的指示剂，在一份溶液中用标准酸连续分别滴定。由 NaOH、Na_2CO_3、$NaHCO_3$ 组成的混合物，可根据滴定体积的大小判断组成及测定含量。滴定反应式如下：

$$NaOH + HCl \longrightarrow NaCl + H_2O \qquad pH=7.0$$

$$Na_2CO_3 + HCl \longrightarrow NaHCO_3 + NaCl \qquad pH=8.3$$

$$NaHCO_3 + HCl \longrightarrow NaCl + CO_2 \uparrow + H_2O \qquad pH=3.9$$

第一个化学计量点，可选用酚酞作指示剂，终点时溶液由红色变为无色，滴定所消耗 HCl 标准溶液的体积记录为 V_1。第二个化学计量点，可选用甲基橙为指示剂，终点由黄色变为红色，滴定所消耗 HCl 标准溶液的体积记录为 V_2。

第一个计量点时，NaOH 完全反应，Na_2CO_3 反应生成 $NaHCO_3$。第二计量点时 $NaHCO_3$ 反应完全。

若 $V_1 > V_2$ 时，试样由 NaOH 与 Na_2CO_3 组成。含量的计算公式为

$$w_{NaOH}/(\%) = \frac{c_{HCl}(V_1 - V_2)M_{NaOH}}{m_s \times 1\,000} \times 100 \qquad (M_{NaOH} = 40.0 \text{ mol/L})$$

$$w_{Na_2CO_3}/(\%) = \frac{c_{HCl}V_2 M_{Na_2CO_3}}{m_s \times 1\,000} \times 100 \qquad (M_{Na_2CO_3} = 106.0 \text{ mol/L})$$

若 $V_1 < V_2$ 时，试样由 Na_2CO_3 与 $NaHCO_3$ 组成。含量的计算公式为

$$w_{Na_2CO_3}/(\%) = \frac{c_{HCl}V_1 M_{Na_2CO_3}}{m_s \times 1\,000} \times 100$$

$$w_{NaHCO_3}/(\%) = \frac{c_{HCl}(V_2 - V_1)M_{NaHCO_3}}{m_s \times 1\,000} \times 100$$

若 $V_1 = V_2$，试样仅含 Na_2CO_3；若 $V_1 = 0$，试样仅含 $NaHCO_3$；若 $V_2 = 0$，试样仅含 NaOH。

三、仪器与试剂

（1）分析天平（0.1 mg）；称量瓶；25 mL 酸式滴定管；容量瓶；移液管；250 mL 锥形瓶。

（2）混合碱样品：将 NaOH 和 Na_2CO_3 以 2∶3 比例混合均匀，即得。

(3) 0.1 mol/L HCl 标准溶液(同第 3 章实验 8)。

(4) 0.2%酚酞指示剂(同第 3 章实验 4);0.1%甲基橙指示剂(同第 3 章实验 4)。

四、实验步骤

取混合碱样品 0.6 g,精密称定,置于 100 mL 容量瓶中,用蒸馏水溶解并定容,精密量取 20 mL 该溶液于 250 mL 锥形瓶中,加蒸馏水 25 mL 稀释,加 0.2%酚酞指示剂 2 滴,用 0.1 mol/L HCl 标准溶液滴定至溶液红色恰好褪去,记录滴定体积 V_1;随后向滴定溶液加入0.1%甲基橙指示剂 2 滴,用 0.1 mol/L HCl 标准溶液滴定至溶液由黄色转变为红色,煮沸 2 min,冷却至室温,继续滴定至溶液颜色由黄色转变为红色,即为滴定终点,记录滴定体积 V_2。平行测定三次,由 V_1、V_2 判断样品组成,并计算含量及相对平均偏差。

五、思考题

(1) 测定混合碱时到达第一计量点前由于滴定速度太快,摇动不均匀致使滴入 HCl 局部过浓,使 $NaHCO_3$ 迅速转变为 H_2CO_3 进而分解为 CO_2 造成损失。这种情况对分析结果有何影响?

(2) 试述混合碱各组分的测定原理。

实验 2   水泥中 Fe_2O_3、Al_2O_3、CaO 和 MgO 含量的测定

一、目的要求

(1) 巩固配位滴定法中通过控制酸度进行共存组分测定的原理。

(2) 熟悉配位滴定中干扰组分消除的方法。

(3) 培养综合分析问题和解决问题的能力。

二、基本原理

水泥主要由硅酸盐组成,生料经 1 400 ℃以上的高温煅烧成熟料。水泥熟料的主要化学成分为 SiO_2(18%~24%)、Fe_2O_3(2.0%~5.5%)、Al_2O_3(4.0%~9.5%)、CaO(60%~67%)和 MgO(<4.5%)。可采用化学分析法测定其主要成分的含量。

熟料主要为硅酸三钙($3CaO \cdot SiO_2$)、硅酸二钙($2CaO \cdot SiO_2$)、铝酸三钙($3CaO \cdot Al_2O_3$)和铁铝酸四钙($4CaO \cdot Al_2O_3 \cdot Fe_2O_3$)等混合物,与盐酸作用时,生成硅酸和可溶性的氯化物。硅酸是一种无机酸,在水溶液中绝大部分以溶胶状态存在,其化学式应以 $SiO_2 \cdot H_2O$ 表示。在用浓酸和加热蒸干等方法处理后,能使绝大部分硅酸水溶胶脱水变成水凝胶析出,因此,可以利用沉淀分离的方法把硅酸与水泥中的铁、铝、钙、镁等组分分开。

铁、铝、钙、镁等组分分别以 Fe^{3+}、Al^{3+}、Ca^{2+}、Mg^{2+} 等离子形式存在于滤完 SiO_2 沉淀后的滤液中,都可与 EDTA 形成稳定的配离子。其稳定常数的对数值分别为 $\lg K_{FeY}=25.1$,$\lg K_{AlY}=16.3$,$\lg K_{CaY}=10.69$,$\lg K_{MgY}=8.7$,其稳定性有较显著的差别,可通过控制适当的酸度,用 EDTA 分别进行滴定,测定其含量。

(1) 铁的测定   以磺基水杨酸或其钠盐为指示剂,在 pH 值 1.5~2.5、温度为 60~70 ℃的溶液中,用 EDTA 标准溶液滴定,终点时溶液由紫红色变为亮黄色。

滴定反应　　　　　　　　　$Fe^{3+} + H_2Y^{2-} \longrightarrow FeY^- + 2H^+$

指示剂的显色反应　　　　　$Fe^{3+} + HIn^- \longrightarrow FeIn^+ + H^+$

　　　　　　　　　　　（无色）　　　　　　　（紫红色）

终点时　　　　　　　　　　$FeIn^+ + H_2Y^{2-} \longrightarrow FeY^- + HIn^- + H^+$

　　　　　　　　　　（紫红色）　　　　　　（亮黄色）

（2）铝的测定　　Al³⁺ 与 EDTA 的配位反应很慢，不宜采用直接滴定法。采用在 pH＝4.3 的条件下，先加入过量的 EDTA 溶液，并加热煮沸，使 Al³⁺ 与 EDTA 充分反应，然后以 PAN 为指示剂，用铜盐标准溶液回滴，滴定开始前溶液呈黄色（指示剂颜色），逐渐由黄色变为绿色（PAN 和 CuY 的混合色），终点时溶液呈紫色（PAN 和 CuPAN 的混合色）。

滴定反应　　　　　　$Al^{3+} + H_2Y^{2-}（过量）\longrightarrow AlY^-（无色）+ 2H^+$

铜盐回滴过量 EDTA　　$Cu^{2+} + H_2Y^{2-}（剩余）\longrightarrow CuY（蓝色）+ 2H^+$

终点时　　　　　　　　$Cu^{2+} + PAN（黄色）\longrightarrow CuPAN（红色）$

溶液中蓝色 CuY 量的多少对终点颜色变化的敏锐程度有影响。因此，对过量的 EDTA 的量要加以控制，一般 100 mL 溶液中加入的 EDTA 标准溶液（浓度 0.01～0.015 mol/L）以过量 10～15 mL 为宜。在这种情况下，终点为紫色。

（3）钙的测定　　在 pH＝12 以上的强碱性溶液中，Mg²⁺ 形成 Mg(OH)₂ 沉淀而被掩蔽，Fe³⁺、Al³⁺ 用三乙醇胺掩蔽，以钙黄绿素-甲基百里香酚蓝-酚酞（CMP）为混合指示剂，用 EDTA 标准溶液滴定。

pH＞12 时，钙黄绿素本身呈橘红色，与 Ca²⁺、Sr²⁺、Ba²⁺ 等离子配位后呈绿色的荧光。终点时，溶液中的荧光消失呈橘红色，但由于溶液中有残余荧光，会影响终点的观察，需要利用某些酸碱指示剂和其他配位指示剂的颜色，来掩盖钙黄绿素残余荧光。本实验选用钙黄绿素-甲基百里香酚蓝-酚酞混合指示剂，其中的甲基百里香酚蓝和酚酞在滴定的条件下起着遮盖残余荧光的作用。

（4）镁的测定　　以 EDTA 配位滴定法测定镁的含量多采用差减法，即在一份溶液中，调节 pH＝10，用 EDTA 滴定钙、镁总含量，从总含量中减去钙的量，即求得镁的含量。

滴定钙、镁总含量时，常用的指示剂有铬黑 T 和酸性铬蓝 K-萘酚绿 B(K-B)混合指示剂。铬黑 T 易受某些重金属离子的封闭，所以采用 K-B 指示剂作为 EDTA 滴定钙、镁总含量的指示剂。混合指示剂中的萘酚绿 B 在滴定过程中没有颜色变化，只起衬托终点颜色的作用，终点颜色的变化是红色到蓝色。Fe³⁺、Al³⁺ 用三乙醇胺和酒石酸钾钠进行联合掩蔽。

$$w_{Fe_2O_3} / (\%) = \frac{c_{EDTA} \times V_{EDTA} \times M_{Fe_2O_3}}{2m_s \times 1\,000} \times 100$$

$$w_{Al_2O_3} / (\%) = \frac{(c_{CuSO_4} \times V_{CuSO_4} - c_{EDTA} \times V_{EDTA}) \times M_{Al_2O_3}}{2m_s \times 1\,000} \times 100$$

$$w_{CaO} / (\%) = \frac{c_{EDTA} \times V_1 \times M_{CaO}}{m_s \times 1\,000} \times 100$$

$$w_{MgO} / (\%) = \frac{c_{EDTA} \times (V_2 - V_1) \times M_{MgO}}{m_s \times 1\,000} \times 100$$

三、仪器与试剂

（1）分析天平；滴定管；容量瓶；移液管；锥形瓶。

(2) 烧杯(50 mL、250 mL、500 mL);量筒;电炉;漏斗;坩埚;滤纸。

(3) 0.01 mol/L EDTA 标准溶液(参见第 3 章实验 13)。

(4) 0.01 mol/L CuSO$_4$ 标准溶液:将 CuSO$_4$·5H$_2$O 1.3 g 溶于水中,加 H$_2$SO$_4$(1:1)2~3 滴,用水稀释至 500 mL。

(5) 10% 磺基水杨酸:将 10 g 磺基水杨酸溶于 90 mL 水中。

(6) 0.05% 溴甲酚绿指示剂:将 0.05 g 溴甲酚绿溶于 100 mL 20% 乙醇中。

(7) 0.3% PAN 指示剂:将 0.3 g PAN 溶于 100 mL 95% 乙醇中。

(8) K-B 指示剂(酸性铬蓝 K-萘酚绿 B 混合指示剂):准确称取酸性铬蓝 K 指示剂 1 g、萘酚绿 B 指示剂 2.5 g 与已在 105 ℃ 烘干的硝酸钾 50 g 混合研细,保存于磨口瓶中。

(9) CMP 指示剂(钙黄绿素-甲基百里香酚蓝-酚酞混合指示剂):准确称取钙黄绿素 1 g、甲基百里香酚蓝 1 g、酚酞 0.2 g 与已在 105 ℃ 烘干的硝酸钾 50 g 混合研细,保存于磨口瓶中。

(10) HAc-NaAc 缓冲液(pH=4.3):将无水乙酸钠 33.7 g 溶于水中,加入冰乙酸 80 mL,加水稀释至 1 L,摇匀。

(11) 10% 酒石酸钾钠:取酒石酸钾钠 10 g,溶于 90 mL 水中。

(12) NH$_3$-NH$_4$Cl 缓冲液(pH=10)(参见第 3 章实验 13)。

(13) 6 mol/L HCl 溶液;浓硝酸;20% KOH 溶液;氨水(1:1);三乙醇胺溶液(1:2)。

四、实验步骤

取试样 0.5 g 左右,精密称定,置于 50 mL 烧杯中,沿烧杯口滴加 10 mL 浓盐酸及 1 mL 浓硝酸,仔细搅匀,使所有深灰色试样变为淡黄色糊状物,再盖上表面皿,将烧杯放在电热板(或沸水浴)上加热(通风橱内),使可溶性的盐类溶解。过滤,滤液置于 250 mL 容量瓶,用胶头滴管以热盐酸(3:97)擦洗玻璃棒和烧杯,并洗涤残渣 3~4 次,然后用热水充分洗涤残渣(一般 10 次左右,直至检验无氯离子为止),滤液和洗涤液合并于 250 mL 容量瓶,冷却至室温,加蒸馏水至刻度,摇匀,作为试样溶液待用。

1. Fe$_2$O$_3$ 含量的测定

精密量取试样溶液 25 mL 于 250 mL 锥形瓶中,加水 50 mL,加 0.05% 溴甲酚绿指示剂 2 滴(在 pH<3.8 时呈黄色,pH>5.4 时呈绿色),逐滴加入氨水(1:1),使之呈绿色,然后用 6 mol/L HCl 溶液调至黄色后再过量 3 滴,溶液 pH=1.8~2.0。将溶液加热至 60~70 ℃,加磺基水杨酸指示剂 10 滴,用 0.01 mol/L EDTA 标准溶液缓慢滴定,使其由紫红色变到亮黄色(终点的溶液温度不应低于 60 ℃,保留此溶液供测定 Al$_2$O$_3$ 含量用)。

2. Al$_2$O$_3$ 含量的测定

在滴定完铁后的溶液中,精确加入 0.01 mol/L EDTA 标准溶液 25 mL,加 pH=4.3 的 HAc-NaAc 缓冲液 15 mL,煮沸 1~2 min,稍冷,加 PAN 指示剂 4~5 滴,用 0.01 mol/L CuSO$_4$ 标准溶液滴定至亮紫色。

EDTA 与 CuSO$_4$ 标准溶液之间体积比的测定:精密量取 0.01 mol/L EDTA 标准溶液 20 mL 于 250 mL 锥形瓶中,用水稀释至 100 mL,加 pH=4.3 的 HAc-NaAc 缓冲液 15 mL,煮沸 1~2 min,取下稍冷,加 PAN 指示剂 4~5 滴,用 0.01 mol/L CuSO$_4$ 标准溶液滴定至亮紫色。

3. CaO 含量的测定

精密量取试样溶液 10 mL 于 250 mL 锥形瓶中,加蒸馏水 50 mL,加三乙醇胺溶液(1:2)5 mL 及 CMP 指示剂少许,在搅拌下加入 20% KOH 溶液至出现绿色荧光后,再过量 5~8 mL

（溶液 pH＞13），用 0.01 mol/L EDTA 标准溶液滴定至溶液呈红色，即为终点。

　　4. MgO 含量的测定

　　精密量取试样溶液 10 mL 于 250 mL 锥形瓶中，加蒸馏水 50 mL，加入酒石酸钾钠溶液 1 mL、三乙醇胺溶液（1∶2）5 mL，振摇 1 min。然后加入 NH_3-NH_4Cl 缓冲液（pH＝10）15 mL 及 K-B 指示剂少许，用 0.01 mol/L EDTA 标准溶液滴定至溶液颜色由紫红色变为纯蓝色。

五、思考题

　　(1) 滴定 Fe^{3+} 时，Al^{3+}、Ca^{2+}、Mg^{2+} 等离子的干扰用什么方法消除？

　　(2) 如果 Fe^{3+} 的测定结果不准确，对 Al^{3+} 的测定结果有什么影响？

　　(3) EDTA 滴定 Al^{3+} 时，为什么要采用返滴定法？还能采用别的滴定方式吗？在 pH＝4.3 条件下滴定 Al^{3+}、Ca^{2+} 和 Mg^{2+} 会不会有干扰？

　　(4) 测定 Ca^{2+}、Mg^{2+} 时加入三乙醇胺的目的是什么？测定 Ca^{2+} 时为什么要在加入 KOH 之前加三乙醇胺？

实验 3　水中化学耗氧量（COD）的测定

一、目的要求

　　(1) 了解水中化学耗氧量的含义、表示方法及测定化学耗氧量的意义。

　　(2) 熟悉水中化学耗氧量的测定方法。

二、基本原理

　　水中化学耗氧量（简称 COD）是水质检测的一项重要指标，它是指特定条件下，水中还原性物质所消耗的氧化剂的量，换算成氧的质量浓度（以 mg/L 计）。

　　水中除含有 NO_2^-、S^{2-}、Fe^{2+} 等无机还原性物质外，尚含有少量有机物。有机物腐烂则促使水中微生物繁殖，从而污染水质，影响人民身体健康。同时，水中 COD 高时呈现明显黄色，且酸度升高，工业生产用这样的水，对锅炉、管道有侵蚀作用，影响纺织品的印染质量；对制药行业（特别是中药制药业），将严重影响药品质量。因此，水中 COD 的测定很重要。

　　COD 的测定可采用 $KMnO_4$ 法、$K_2Cr_2O_7$ 法，其中 $KMnO_4$ 法适宜测定地面水、河水等污染不十分严重的水。

　　在酸性溶液中，加入一定量过量的 $KMnO_4$ 标准溶液，加热使之与水中的有机物作用完全，再加入一定量过量的 $Na_2C_2O_4$ 标准溶液，与过量的 $KMnO_4$ 作用，最后剩余的 $Na_2C_2O_4$ 再用 $KMnO_4$ 标准溶液滴定。反应式如下：

$$4MnO_4^-（过量）＋5C＋12H^+\longrightarrow 4Mn^{2+}＋5CO_2\uparrow＋6H_2O$$
$$2MnO_4^-（剩余量）＋5C_2O_4^{2-}（过量）＋16H^+\longrightarrow 2Mn^{2+}＋8H_2O＋10CO_2\uparrow$$
$$5C_2O_4^{2-}（剩余量）＋2MnO_4^-（滴定剂）＋16H^+\longrightarrow 2Mn^{2+}＋10CO_2\uparrow＋8H_2O$$

　　根据滴定剂 $KMnO_4$ 标准溶液与 O_2 的计量关系，求出每升水样耗氧的质量，以 mg/L 表示。同时用蒸馏水代替水样，进行空白实验，计算空白值，校正分析结果。

$$COD(mg/L)＝\frac{\left[c_{KMnO_4}\times(V_1＋V_2)-\dfrac{2}{5}c_{Na_2C_2O_4}V_{Na_2C_2O_4}\right]\times\dfrac{5}{2}\times15.999\times1\,000}{V_{水}}$$

三、仪器与试剂

(1) 25 mL 酸式滴定管;250 mL 锥形瓶;100 mL 容量瓶;移液管。

(2) 0.002 mol/L $KMnO_4$ 标准溶液(参见第 3 章实验 22,用时精密稀释 10 倍)。

(3) 0.005 mol/L $Na_2C_2O_4$ 标准溶液:准确称取干燥至恒重的 $Na_2C_2O_4$ 基准试剂 0.34 g 于 500 mL 容量瓶中,加蒸馏水溶解并稀释至刻度,摇匀,即得。

(4) H_2SO_4 溶液(1:3);固体 Ag_2SO_4。

四、实验步骤

精密量取水样 100 mL 于 250 mL 锥形瓶中,加入 H_2SO_4(1:3)5 mL,精密加入 0.002 mol/L $KMnO_4$ 溶液 10 mL(V_1),立即加热至沸,煮沸 10 min 后,冷却至 90 ℃ 以下,精密加入 0.005 mol/L $Na_2C_2O_4$ 标准溶液 10 mL,充分摇匀,溶液红色褪去。用 0.002 mol/L $KMnO_4$ 溶液滴定,溶液呈稳定的浅红色(30 s 不褪)即为终点(终点时溶液温度不低于 60 ℃),记录滴定体积(V_2)。平行测定三次。

另取蒸馏水 100.00 mL 代替水样,进行空白实验,计算空白值,校正分析结果。

五、注意事项

(1) 水中含 Cl^- 量大于 300 mg/L 时,将影响测定结果。加水稀释,降低 Cl^- 浓度,可消除干扰。若还不能消除干扰,可加入适量 Ag_2SO_4(1 g Ag_2SO_4 可消除 200 mg Cl^- 的干扰)。

(2) 水样中如有 NO_2^-、S^{2-}、Fe^{2+} 等还原性物质,也会干扰测定,应予以消除。

(3) 取样后应及时分析测定。如需放置,可加少量 $CuSO_4$ 以抑制微生物对有机物的分解。

(4) 取样量视水质的污染程度而定,清洁透明的水样一般取 100 mL;混浊、污染严重的水样一般取 10~30 mL,后加蒸馏水稀释至 100 mL。

(5) 分析测定时需加热至沸,此时溶液仍应保持 $KMnO_4$ 的紫红色,若红色消失,说明水中有机物较多,遇此情况应补加适量的 $KMnO_4$ 标准溶液。

(6) 加热煮沸时间应严格控制。

六、思考题

(1) 水样中 Cl^- 含量高时对测定有何干扰? 应采用什么方法消除?

(2) 水样中加入 $KMnO_4$ 溶液并在沸水中加热 10 min 后应当是什么颜色? 若无色说明了什么问题? 应如何处理?

(3) 本实验为何要采用这种返滴定法?

实验 4　昆布中碘含量的测定

一、目的要求

(1) 深入了解间接碘量法的应用。

(2) 了解药用植物前处理的方法。

二、基本原理

《中国药典》收载的昆布包括海带和昆布,具有软坚消结之功效,富含碘。药典采用干法消化的前处理方法,然后采用碘量法,用硫代硫酸钠标准溶液滴定反应生成的碘。反应式为

$$I_2 + 2S_2O_3^{2-} \longrightarrow 2I^- + S_4O_6^{2-}$$

计算公式为

$$w_{I_2}/(\%) = \frac{c_{Na_2S_2O_3} V_{Na_2S_2O_3} \times M_{I_2}}{2 \times m_s \times 1\,000} \times 100$$

三、仪器与试剂

(1) 分析天平;25 mL 酸式滴定管;250 mL 碘量瓶;100 mL 容量瓶,25 mL 移液管。

(2) 马弗炉;漏斗;瓷坩埚;滤纸。

(3) 甲酸钠(AR);KI(AR);溴(AR);硫酸(AR)。

(4) 0.01 mol/L $Na_2S_2O_3$ 标准溶液(同第 3 章实验 18,用前准确稀释 10 倍)。

(5) 0.5%淀粉指示液(同第 3 章实验 18);甲基橙指示剂(同第 3 章实验 4)。

(6) 样品:海带或昆布。

四、实验步骤

取剪碎的昆布(海带)约 2 g,精密称定,置瓷坩埚中,缓缓加热灼烧,温度每上升 100 ℃维持 5 min,升温至 400～500 ℃时维持 40 min,取出,放置冷却。炽灼残渣置于烧杯中,加水 20 mL,煮沸约 5 min,过滤,残渣用水重复处理 2 次。每次 20 mL,过滤,合并滤液,残渣用热水洗涤 3 次,洗涤液与滤液合并置于 100 mL 容量瓶中,加水至刻度。

精密量取 25 mL 上述溶液,置于碘量瓶中,加 25 mL 水与甲基橙指示剂 2 滴,滴加稀硫酸至显红色,加新制的溴试液 5 mL,加热至沸,沿瓶壁加 20%甲酸钠溶液 5 mL,再加热 10～15 min,用热水洗瓶壁,放置冷却,加稀硫酸 5 mL 与 15%碘化钾溶液 5 mL,立即用硫代硫酸钠标准溶液(0.01 mol/L)滴定至淡黄色,加淀粉指示液 1 mL,继续滴定至蓝色消失,每 1 mL 硫代硫酸钠标准溶液(0.01 mol/L)相当于 0.211 3 mg 的碘(I)。

本品按干燥品计算,海带含碘(I)不得少于 0.35%,昆布含碘(I)不得少于 0.20%。

五、注意事项

(1) 注意灼烧温度的控制,不宜过高,否则会使碘化物分解而导致碘挥发。

(2) 加热至沸时注意控制时间,防止干烧。

(3) 注意控制洗涤水量。

六、思考题

(1) 请说明本实验中所加各试液的作用。

(2) 怎样计算滴定度?

实验 5　鲁米诺-过氧化氢化学发光法测定对苯二酚的含量

一、目的要求

（1）掌握化学发光分析测定技术的原理及应用。
（2）掌握流动注射化学发光分析仪的操作方法。
（3）掌握用流动注射化学发光技术进行定量分析的方法。
（4）了解化学发光分析仪的构造及分析原理。

二、基本原理

化学发光是指在化学反应中产生的光发射现象，利用化学发光可以实现痕量组分的灵敏测定，鲁米诺-过氧化氢是经典的化学发光体系，应用最为广泛。

流动注射为化学发光分析提供了一个良好的手段。流动注射技术是指将各发光试剂以某一恒定流速经蠕动泵驱动，在流动过程中，所有的实验参数如试剂体积、保留时间、温度、试剂的混合时间和方式等都能严格控制并重复操作，因此可以得到稳定的发光信号。

常见的鲁米诺-过氧化氢流动注射化学发光分析流程如图 5-1 所示。

图 5-1　流动注射化学发光分析流程图

如图 5-2 所示，在固定的流速下，某个化学发光体系会获得稳定的强度，当被分析物（如对苯二酚）在 S 点注入化学发光体系时，经过一段时间 T，会产生增强或抑制信号，一般以峰高为读出值绘制校正曲线，并计算分析结果。

图 5-2　典型的流动注射化学发光分析记录峰
S—注样点；T—保留时间；A—峰顶读出位；B—峰坡读出位

三、仪器与试剂

(1) IFFM-D 流动注射化学发光分析仪。

(2) 容量瓶：50 mL，100 mL。

(3) 移液管：1 mL，2 mL，5 mL。

(4) 鲁米诺储备液：用 0.05 mol/L NaOH 溶液配制 1×10^{-2} mol/L 的鲁米诺储备液待用。常温避光保存，放置一周后使用，使用时用 pH＝9.9 的 Na_2CO_3-$NaHCO_3$ 缓冲液(0.1 mol/L)稀释至 5×10^{-5} mol/L。

(5) 新鲜配制的 H_2O_2 溶液，直接用纯净水稀释到 1×10^{-2} mol/L。

(6) 1×10^{-4} mol/L 对苯二酚标准溶液。

四、实验步骤

1. 标准曲线的绘制

精密量取对苯二酚标准溶液(1×10^{-4} mol/L)0 mL、0.1 mL、0.2 mL、0.3 mL、0.4 mL、0.5 mL，分别置于 50 mL 容量瓶中，用纯净水定容，摇匀。在流动注射化学发光分析仪上，按照图 5-1 所示的流程，在没有样品溶液的情况下，待发光基线走平稳后，依次测定上述各瓶溶液作为样品注入发光体系后的发光强度，绘制 ΔA(净峰高值)-c 标准曲线或计算回归方程。

2. 样品测定

精密量取对苯二酚样品溶液 0.3 mL，置于 50 mL 容量瓶中，按标准曲线绘制项下操作，直至测定出样品的净峰高值 ΔA。从标准曲线上读出或由回归方程计算出样品溶液中对苯二酚的含量(mol/L)，并按下式计算回收率：

$$回收率/(\%)=\frac{标准曲线上读出的浓度}{样品的实际浓度} \times 100$$

五、注意事项

(1) 化学发光是一种灵敏的检测手段，但是也容易受到各种因素的影响。因此，在整个实验过程中，为了得到稳定的化学发光强度，必须严格控制实验条件。

(2) 对苯二酚和 H_2O_2 容易在室温下被氧化和分解，实验所用溶液应该现用现配。

六、思考题

(1) 试述标准曲线法的优点。

(2) 实验中测定回收率有什么实际意义？

实验 6　大豆中钙、镁、铁含量的测定

一、目的要求

(1) 培养综合运用滴定分析法、分光光度法等分析测试方法的能力。

(2) 了解大豆样品分解处理方法。

二、实验提要

大豆营养价值很高,兼有作为油料、粮食、副食品、饲料和工业原料等广泛的用途,在国民经济中占有很重要的地位。大豆中除了含有蛋白质等营养素外,无机盐的含量也十分丰富,如每 100 g 大豆中含有 Ca 367 mg,Mg 173 mg,Fe 11 mg,P 571 mg,K 1 810 mg 等。

采用干法消化大豆后,可用配位滴定法以 EDTA 为滴定剂,在碱性条件下,以钙指示剂指示终点,测定其中钙含量;在 pH＝10 的条件下以铬黑 T 为指示剂,可测定钙和镁的总量,试样中铁等元素的干扰可用适量的三乙醇胺掩蔽消除。铁的含量可用邻二氮菲分光光度法测定,磷的含量可用磷钒钼黄分光光度法测定。

三、仪器与试剂

(1) 紫外-可见分光光度计;比色皿。

(2) 分析天平;滴定管;移液管;容量瓶;锥形瓶。

(3) 高温炉;蒸发皿;烧杯;表面皿;量筒。

(4) 0.005 mol/L EDTA 标准溶液(参见第 3 章实验 13)。

(5) NH_3-NH_4Cl 缓冲液(pH＝10)(见第 3 章实验 13)。

(6) 铬黑 T 指示剂(见第 3 章实验 13)。

(7) 钙指示剂:按 1：100 与固体氯化钠混合研成粉末。

(8) 20％NaOH 溶液;6 mol/L HCl 溶液;1 mol/L NaAc 溶液;三乙醇胺溶液(1：3)。

(9) 100 mg/L 铁标准溶液(参见第 4 章实验 8)。

(10) 0.15％邻二氮菲水溶液、10％盐酸羟胺水溶液(见第 4 章实验 8)。

四、实验步骤

1. 试样的处理

在市场上购买的大豆用粉碎机粉碎后,称取 10～15 g 盛于蒸发皿中,置于高温炉中,先在100～200 ℃炭化完全后(无烟产生),再升至 650 ℃灼烧 2 h。取出冷却后,加入 6 mol/L HCl溶液 10 mL,浸泡 20 min,并不断搅拌,静止沉降,过滤,滤液置于 250 mL 容量瓶中,用蒸馏水洗沉淀、蒸发皿数次。定容、摇匀,待用。

2. 钙、镁含量的测定

(1) 钙、镁总量的测定　精密量取上述溶液 20 mL 于 250 mL 锥形瓶中,加三乙醇胺溶液(1：3)5 mL,加水 50 mL,其余参见第 3 章实验 13。

(2) 钙含量的测定　精密量取上述溶液 20 mL 于 250 mL 锥形瓶中,加三乙醇胺溶液(1：3)5 mL,加水 50 mL,20％ NaOH 溶液 5 mL 和少许钙指示剂,用EDTA标准溶液滴定至溶液由红色变为蓝色,即为终点。

(3) 镁含量的测定　由钙、镁总量减去钙含量可得。

3. 铁含量的测定

采用分光光度法,参见第 4 章实验 8。

五、思考题

(1) 测量前为什么要将大豆粉碎?

（2）测定钙的含量和钙、镁总量时分别如何控制溶液的 pH 值？

实验 7　双波长分光光度法测定安钠咖注射液中咖啡因的含量

一、目的要求

（1）了解双波长分光光度法测定二元混合物中待测组分含量的原理和方法。
（2）熟悉选择测定波长（λ_1）和参比波长（λ_2）的方法。
（3）学会在单波长分光光度计上进行双波长法的测定。

二、基本原理

安钠咖注射液由无水咖啡因和苯甲酸钠组成，其紫外吸收光谱如图 5-3 所示。

图 5-3　安钠咖注射液紫外吸收光谱

吸收光谱表明咖啡因的吸收峰在 272 nm 处，苯甲酸钠的吸收峰在 230 nm 处。若测定咖啡因，从光谱上可知干扰组分苯甲酸钠 272 nm 和 253 nm 处的吸光度相等，则

$$\Delta A = A_{272\,nm}^{咖+苯} - A_{253\,nm}^{咖+苯} = A_{272\,nm}^{咖} + A_{272\,nm}^{苯} - A_{253\,nm}^{咖} - A_{253\,nm}^{苯}$$

$$= A_{272\,nm}^{咖} - A_{253\,nm}^{咖} \quad （因 A_{272\,nm}^{苯} = A_{253\,nm}^{苯}）$$

$$= \varepsilon_{272\,nm}^{咖} c_{咖}\, b - \varepsilon_{253\,nm}^{咖} c_{咖}\, b$$

$$= (\varepsilon_{272\,nm}^{咖} - \varepsilon_{253\,nm}^{咖}) c_{咖}\, b$$

$$= \Delta \varepsilon_{咖}\, c_{咖}\, b$$

式中：ΔA 为混合物在 272 nm 和 253 nm 波长处的吸光度之差，272 nm 和 253 nm 为干扰组分苯甲酸钠的等吸收波长；$\varepsilon_{272\,nm}^{咖}$、$\varepsilon_{253\,nm}^{咖}$ 为被测组分在 272 nm 和 253 nm 波长处的吸光系数（用对照品测得）；$c_{咖}$ 为被测组分的浓度；b 为比色皿厚度。

ΔA 仅与咖啡因浓度成正比，而与苯甲酸钠浓度无关，从而测得咖啡因的浓度。计算公式为

$$\frac{\Delta A_{样}}{\Delta A_{标}} = \frac{\Delta \varepsilon c_{样}}{\Delta \varepsilon c_{标}} \frac{b}{b} = \frac{c_{样}}{c_{标}}$$

三、仪器与试剂

(1) 紫外-可见分光光度计;石英比色皿。

(2) 分析天平;容量瓶;吸量管。

(3) 咖啡因对照品;苯甲酸钠对照品。

(4) 样品:安钠咖注射液(每 1 mL 中含无水咖啡因 0.12 g、苯甲酸钠 0.13 g)。

四、实验步骤

(1) 标准储备液的制备:取咖啡因和苯甲酸钠各 0.1 g,精密称定,分别置于 100 mL 容量瓶中,用蒸馏水溶解,并稀释至刻度,摇匀,即得浓度为 1 mg/mL 的储备液,置于冰箱中保存。

(2) 咖啡因标准溶液的制备:精密量取咖啡因储备液 1.0 mL,置于 100 mL 容量瓶中,加水稀释至刻度,摇匀,即得。

(3) 苯甲酸钠标准溶液的制备:精密量取苯甲酸钠储备液 1.0 mL,置于 100 mL 容量瓶中,加水稀释至刻度,摇匀,即得。

(4) 供试品溶液的制备:精密量取安钠咖注射液 1.0 mL,置于 100 mL 容量瓶中,加水稀释至刻度,摇匀。精密量取该溶液 1.0 mL,置于 10 mL 容量瓶中,加水稀释至刻度,摇匀。

(5) 咖啡因和苯甲酸钠标准溶液紫外吸收光谱的测定:在紫外-可见分光光度计上,分别取咖啡因和苯甲酸钠标准溶液于 1 cm 石英比色皿中,以蒸馏水为空白,在 200~400 nm 范围内,扫描出紫外吸收光谱。

(6) 干扰组分等吸收波长的选择:从苯甲酸钠吸收光谱图上找出等吸收波长 λ_1 和 λ_2,其中 λ_1 尽量与咖啡因的最大吸收波长一致。

(7) 咖啡因标准溶液的 $\Delta A_标$ 值测定:在紫外-可见分光光度计上,取咖啡因标准溶液于 1 cm 石英比色皿中,以蒸馏水为空白,在 λ_1 和 λ_2 处分别测其吸光度。

(8) 安钠咖样品溶液的 $\Delta A_样$ 值测定:在紫外-可见分光光度计上,取安钠咖样品溶液于 1 cm 石英比色皿中,以蒸馏水为空白,在 λ_1 和 λ_2 处分别测其吸光度。

(9) 计算标示量百分含量,并判断产品是否合格。

$$咖啡因标示量百分含量 = \frac{c_样 \times 稀释倍数}{标示量} \times 100\%$$

咖啡因标示量百分含量应在 95%~105% 范围内。

五、思考题

(1) 为什么双波长分光光度法可以不经分离直接测定二元混合物中待测组分的含量?

(2) 选择等吸收波长的原则是什么?怎样从吸收光谱图上选择等吸收波长?

实验 8   蔬菜、水果中总抗坏血酸的测定方法(GB/T 12392—1990)

一、目的要求

(1) 学习荧光法定量测定抗坏血酸的含量的原理与方法。

(2) 熟悉荧光分光光度计的基本操作。

二、基本原理

样品中还原性抗坏血酸经活性炭氧化为脱氢抗坏血酸后,与邻苯二胺(OPDA)反应生成有荧光的喹喔啉(quinoxaline),其荧光强度与脱氢抗坏血酸的浓度在一定条件下成正比,以此测定食物中抗坏血酸和脱氢抗坏血酸的总量。

脱氢抗坏血酸与硼酸可形成复合物而不与 OPDA 反应,以此排除样品中荧光杂质产生的干扰,本方法最小检出限为 0.022 mg/L。

该国家标准参照采用国际标准 ISO 6557/1—1986《蔬菜、水果及其制品中抗坏血酸的测定方法》。采用标准曲线法,以系列标准液荧光强度分别减去标准空白荧光强度为纵坐标,对应的抗坏血酸含量为横坐标,绘制标准曲线,样品溶液荧光强度分别减去相应样品溶液空白荧光强度,由标准曲线得溶液浓度,按下列公式计算样品中抗坏血酸及脱氢抗坏血酸总含量。

$$w = cV/m \times D \times 100/1\ 000$$

式中:w 为样品中抗坏血酸及脱氢抗坏血酸总含量(mg/100 g);c 为由标准曲线查得或由回归方程算得样品溶液浓度(mg/L);m 为试样质量(g);D 为样品溶液的稀释倍数;V 为荧光反应所用试样体积(mL)。

三、仪器与试剂

(1) 荧光分光光度计;捣碎机;实验室常用设备。

(2) 偏磷酸-乙酸溶液:称取 15 g 偏磷酸,加入 40 mL 冰乙酸及 250 mL 水,加热,搅拌,使之逐渐溶解,冷却后加水至 500 mL。于 4 ℃冰箱可保存 7～10 d。

(3) 0.15 mol/L 硫酸溶液:取 10 mL 硫酸,小心加入水中,再加水稀释至 1 200 mL。

(4) 偏磷酸-乙酸-硫酸溶液:以 0.15 mol/L 硫酸溶液为稀释液,其余同(2)配制。

(5) 50%乙酸钠溶液:称取 500 g 乙酸钠(CH₃COONa·3H₂O),加水至 1 000 mL。

(6) 硼酸-乙酸钠溶液:称取 3 g 硼酸,溶于 100 mL 乙酸钠溶液中。临用前配制。

(7) 邻苯二胺溶液:称取 20 mg 邻苯二胺,于临用前用水稀释至 100 mL。

(8) 1 g/L 抗坏血酸标准溶液(临用前配制):准确称取 50 mg 抗坏血酸,用偏磷酸-乙酸溶液溶于 50 mL 容量瓶中,并稀释至刻度。

(9) 100 mg/L 抗坏血酸标准溶液:取 10 mL 抗坏血酸标准溶液,用偏磷酸-乙酸溶液稀释至 100 mL(定容前试 pH 值,若其 pH＞2.2,则用偏磷酸-乙酸-硫酸溶液稀释)。

(10) 0.04%百里酚蓝指示剂:称取 0.1 g 百里酚蓝,加 0.02 mol/L 氢氧化钠溶液,在玻璃研钵中研磨至溶解,氢氧化钠溶液的用量约为 10.75 mL,磨溶后用水稀释至 250 mL。百里酚蓝指示剂的变色范围为 pH=1.2 为红色,pH=2.8 为黄色,pH＞4 为蓝色。

(11) 活性炭的活化:加 200 g 炭粉于 1 L(1 mol/L)盐酸中,加热回流 1～2 h,过滤,用水洗至滤液中无铁离子为止,置于 110～120 ℃烘箱中干燥,备用。

四、实验步骤

1. 样品液的制备

称取鲜样 100 g,加偏磷酸-乙酸溶液 100 mL,倒入捣碎机内打成匀浆,用百里酚蓝指示剂调试匀浆酸碱度。如呈红色,即可用偏磷酸-乙酸溶液稀释,若呈黄色或蓝色,则用偏磷酸-乙酸-硫酸溶液稀释,使其 pH=1.2(匀浆的取量需根据样品中抗坏血酸的含量而定。样品液含量在 40～100 mg/L,一般取 20 g 匀浆,用偏磷酸-乙酸溶液稀释至 100 mL,过滤,滤液备用)。

2. 氧化处理

取上述样品滤液及 100 mg/L 抗坏血酸标准溶液各 100 mL 于 250 mL 带塞锥形瓶中,加 2 g 活性炭,用力振摇 1 min,过滤,弃去初 5 mL 滤液,分别收集其余全部滤液,即样品氧化液和标准品氧化液,待测定。

3. 用量及空白液配制

取标准氧化液 10 mL 两份装于两个 100 mL 容量瓶中,分别标明"标准"及"标准空白"。取样品氧化液 10 mL 两份装于两个 100 mL 容量瓶中,分别标明"样品"及"样品空白"。于"标准空白"及"样品空白"溶液中各加硼酸-乙酸钠溶液 5 mL,摇动 15 min,用水稀释至 100 mL,在 4 ℃冰箱中放置 2～3 h,取出备用。于"样品"及"标准"溶液中各加入 50%乙酸钠溶液 5 mL,用水稀释至 100 mL,备用。

4. 荧光反应及强度的测定

精密量取上述"标准"溶液(抗坏血酸含量 10 mg/L)0.5 mL、1 mL、1.5 mL、2.0 mL,分别置于 10 mL 带塞比色管中,在暗室迅速向各管中加入邻苯二胺溶液 5 mL,定容至 10 mL。振摇混合,在室温下反应 35 min,于激发光波长 338 nm、发射光波长 420 nm 处测定荧光强度。取"3"中"标准空白"溶液、"样品空白"溶液及"样品"溶液各 2 mL,分别置于 10 mL 带塞比色管中,按标准溶液同样处理后进行测定。

五、思考题

(1) 抗坏血酸标准溶液为什么要临用前配制?

(2) 本实验如何消除样品中其他荧光杂质产生的干扰?

(3) 查阅文献,看看还有什么方法能测定蔬菜、水果及其制品中总抗坏血酸含量,并对不同方法的优、缺点进行比较。

实验 9　纸层析法分离 Ni^{2+}、Co^{2+}、Cu^{2+}、Fe^{3+}、Mn^{2+} 等金属离子

一、目的要求

(1) 掌握纸层析法的基本操作。

(2) 学会 R_f 值的计算。

二、基本原理

本实验是利用纸层析法在层析滤纸上分离无机金属离子 Ni^{2+}、Co^{2+}、Cu^{2+}、Fe^{3+}、Mn^{2+} 等离子的氯化物溶液。展开剂为丙酮和盐酸混合剂,以红胺酸为显色剂。上述五种离子的斑点颜色和 R_f 值分别为:Ni^{2+} 蓝色,$R_f=0.01$;Mn^{2+} 黑灰色,$R_f=0.40$;Fe^{3+} 黄棕色,$R_f=0.97$;Cu^{2+} 灰绿色,$R_f=0.72$;Co^{2+} 棕色,$R_f=0.54$。

三、仪器与试剂

层析滤纸;电吹风(或烘箱);剪刀;铅笔;尺子;培养皿;小型喷雾器;毛细管(直径 0.5 mm);镊子;圆规。

混合液：Ni^{2+}、Co^{2+}、Cu^{2+}、Fe^{3+}、Mn^{2+} 等离子的氯化物溶液（1 mol/L）。

显色剂：0.5％红胺酸酒精溶液。

展开剂：丙酮-浓盐酸（体积比 92∶8）。

氨水（浓）。

四、实验步骤

参见第 4 章实验 19。

五、数据记录及处理

滤纸干燥后，找出各有色斑点的中心点，量出各中心点到原点之间的距离，再量出溶剂前沿到原点之间的距离，计算出各种金属离子的 R_f 值。

实验 10　气相色谱仪性能检查

一、目的要求

（1）加深对仪器结构及一般使用方法的了解。

（2）了解氢火焰离子化检测器（FID）的基线噪声、基线漂移、检测限及重复性等主要性能检查与计算方法。

二、实验提要

性能检查的条件主要根据《中华人民共和国国家计量检定规程 JJG 700—1999 气相色谱仪》。气相色谱仪的主要技术指标见表 5-1。

表 5-1　气相色谱仪的主要技术指标

技术指标检定项目 \ 检测器名称	TCD	FID	FPD	NPD	ECD
载气流速稳定性（10 min）	1％	—	—	—	1％
柱箱温度稳定性（10 min）	0.5％	0.5％	0.5％	0.5％	0.5％
程序升温重复性	2％	2％	2％	2％	2％
基线噪声	≤0.1 mV	≤1×10^{-12} A	≤5×10^{-12} A	≤1×10^{-12} A	≤0.2 mV
基线漂移（30 min）	≤0.2 mV	≤1×10^{-11} A	≤1×10^{-10} A	≤5×10^{-12} A	≤0.5 mV
灵敏度	≥800 mV·mL/mg	—	—	—	—

续表

技术指标 检定项目	检测器名称 TCD	FID	FPD	NPD	ECD
检测限	—	5×10^{-10} g/s	$\leqslant 5 \times 10^{-10}$ g/s （硫） $\leqslant 1 \times 10^{-10}$ g/s （磷）	5×10^{-17} g/s （氮） 1×10^{-11} g/s （磷）	$\leqslant 5 \times 10^{-12}$ g/mL
定量重复性	3%	3%	3%	3%	3%
衰减器误差	1%	1%	1%	1%	1%

三、仪器与试剂

(1) 气相色谱仪（装备 FID）；微量注射器（5 μL）。

(2) 正十六烷-异辛烷溶液：浓度 100 ng/μL 或 1 000 ng/μL。

四、实验步骤

1. 色谱条件

色谱柱为填充柱（OV-101,80～100 目白色硅烷化载体（或其他固定液和载体），长 1 m）或毛细管柱（口径 0.53 mm 或 0.32 mm）。应采用不分流进样。载气流速：0.53 mm 口径柱为 6～15 mL/min,0.32 mm 口径柱为 4～10 mL/min,补充气适当选择。

柱温：160 ℃左右。汽化室及氢火焰离子化检测器温度：230 ℃左右。

载气：N_2（50 mL/min，纯度不小于 99.995%）。

燃气：H_2（流速选适当值，燃气纯度不低于 99.99%,助燃气不得含有影响正常工作的灰尘、烃类、水分及腐蚀性物质）。

助燃气：空气（流速选适当值）。

量程选最佳挡。

2. 开机

开机步骤如下：①安装色谱柱，从气源输出载气后开机；②将载气流量调节到规定流量左右；③设置汽化室及检测器温度到规定温度；④打开色谱工作站（计算机），进入工作界面；⑤输入 H_2、空气调节到适当流量后点火，观察点火信号，检查是否点燃。

3. 基线噪声和基线漂移检定

基线稳定后，调整基线位置（输出信号）使之位于记录图或显示图中部，记录半小时，测量并计算基线噪声和基线漂移。

4. 检测限检定

用微量注射器注入 1～2 μL 浓度为 100 ng/μL 或 1 000 ng/μL 的正十六烷-异辛烷溶液，连续进样 6 次，记录正十六烷峰面积。

检测限的计算公式：

$$D = 2NW/A$$

式中：D 为检测限（g/s）；N 为基线噪声（A）；W 为正十六烷的进样量（g）；A 为正十六烷峰面积

的算术平均值(A·s)。

注意:在检测限测定中,样品进样量务必准确,要注意排微量注射器中的气泡。

5. 定量重复性检定

定量重复性以正十六烷峰面积测量的相对平均偏差 RSD 表示。

五、数据记录

编　　号＿＿＿＿＿＿	日　　期＿＿＿＿＿＿
样　　品＿＿＿＿＿＿	进 样 量＿＿＿＿＿＿
固定相＿＿＿＿＿＿	载　　气＿＿＿＿＿＿
柱类型＿＿＿＿＿＿	流　　速＿＿＿＿＿＿
柱　　长＿＿＿＿＿＿	柱 前 压＿＿＿＿＿＿
柱　　温＿＿＿＿＿＿	氢气流速＿＿＿＿＿＿
汽化室＿＿＿＿＿＿	空气流速＿＿＿＿＿＿
检测器＿＿＿＿＿＿	工 作 站＿＿＿＿＿＿
灵敏度＿＿＿＿＿＿	分 析 者＿＿＿＿＿＿

六、思考题

(1) 选择柱温的原则是什么?为什么检测器温度一般要高于柱温?

(2) 为什么用检测限 D 衡量检测器的性能比用灵敏度 S 好?

实验11　气相色谱法测定麝香祛痛搽剂中樟脑、薄荷脑、冰片含量

一、目的要求

(1) 掌握内标法测定供试品中主成分含量的方法。

(2) 了解气相色谱法在药物制剂含量测定中的应用。

(3) 初步掌握毛细管柱气相色谱仪的操作。

二、基本原理

(1) 麝香祛痛搽剂是一种外用液体制剂,《中国药典》(2005 年版)规定其每 1 mL 含樟脑($C_{10}H_{16}O$)应为 25.5~34.5 mg,含薄荷脑($C_{10}H_{20}O$)应为 8.5~11.5 mg,含冰片($C_{18}H_{10}O$)应为 17.0~23.0 mg。

(2) 进行内标法测定供试品中主成分含量时,根据各品种项下的规定,分别配置测定校正因子用的对照液和供试品溶液。各取一定量注入仪器,记录色谱图。测量对照品、内标物质的峰面积或峰高,计算公式见第 4 章实验 22。

三、仪器与试剂

仪器:气相色谱仪(FID),5 μL 微量注射器,分析天平(0.01 mg)等。

试剂:樟脑对照品、薄荷脑对照品、冰片对照品、麝香祛痛搽剂、无水乙醇等。

四、实验步骤

1. 色谱条件

色谱柱:PEG-20M 毛细管柱(长 30 m,内径 0.53 mm,膜厚 1.0 μm),理论塔板数按樟脑峰计算不得低于 120 000。柱温:160 ℃。氢火焰离子化检测器温度:250 ℃。载气为 N_2,流量 5～15 mL/min,尾吹流量 15～40 mL/min。汽化室温度:230 ℃。

2. 溶液配制

(1)测定校正因子用对照品溶液的配制　精密称取内标物萘,加无水乙醇制成每升含 4 g 的溶液作为内标溶液。精密称取樟脑、薄荷脑、冰片对照品各 6 mg、2 mg、4 mg,置同一 10 mL 容量瓶中,精密加入内标溶液 1 mL,加无水乙醇至刻度,摇匀,即得。

(2)供试品溶液制备　精密量取待测样品 1 mL,置于 50 mL 容量瓶中,精密加入内标溶液 5 mL,加无水乙醇稀释到刻度,摇匀,即得。

3. 样品测定

(1)取上述测定校正因子用对照品溶液 1 μL,注入气相色谱仪,测定,记录色谱图。

(2)取供试品溶液 1 μL,注入气相色谱仪,测定,记录色谱图。

4. 结果计算

用内标校正因子法以色谱峰面积计算供试品中樟脑、薄荷脑、冰片(以龙脑、异龙脑峰面积之和计算)的含量。

五、思考题

在什么情况下可以采用内标校正因子法进行计算?

实验 12　维生素 C 中甲醇、乙醇残留量的 HS-GC 测定

一、目的要求

(1)了解顶空-气相色谱法的原理和操作。

(2)了解药物中有机溶剂残留量的测定方法。

二、实验提要

维生素 C 在合成过程中,采用甲醇做溶媒,乙醇进行精制,成品中可能残留有部分甲醇、乙醇。残留的有机溶剂增加药品的毒副作用,对药品的稳定性也有影响。根据维生素 C 易溶于水的性质,采用顶空气体进样,对维生素 C 中有机溶剂残留量进行控制,避免了维生素 C 溶液直接进样,污染色谱柱和检测器,同时缩短了检测分析时间,提高了工作效率。

三、仪器与试剂

(1)气相色谱仪(装备 FID);100 μL 微量注射器。

(2)恒温加热装置;顶空瓶、瓶塞、铝盖、手动压盖器;容量瓶、移液管。

(3)甲醇(AR);乙醇(AR);二次蒸馏水;维生素 C 原料药。

四、实验步骤

(1) 色谱条件 色谱柱为毛细管柱(OV-1301,30 m×0.53 mm 或 0.32 mm)或填充柱 (GDX-203(或上试 402),长 2 m)。柱温:50 ℃左右。载气:N_2(2~15 mL/min)。氢火焰离子化检测器(量程选最佳挡)。

(2) 顶空条件 加热温度 80 ℃,加热时间 20 min。

(3) 对照品溶液制备 精密吸取乙醇 5.0 mL 和甲醇 3.0 mL,置于 500 mL 容量瓶中,用水稀释至刻度,精密吸取 3.0 mL 该溶液置于 100 mL 容量瓶中,用水稀释至刻度,摇匀,即制成每升含 237 mg 乙醇、142 mg 甲醇的溶液。

(4) 对照品溶液的测定 精密吸取对照品溶液 5 mL,置于 12 mL 顶空瓶中,立即密封,待顶空条件达到后,取气体 50 μL 进行测定。

(5) 供试品溶液的测定 准确称量维生素 C 原料药 0.5 g,置于 12 mL 顶空瓶中,加水 5.0 mL,立即密封,同法进行测定。

(6) 定量计算 采用外标一点法。

五、注意事项

(1) 专用顶空瓶可采用青霉素小瓶替代,丁基橡胶瓶塞需用四氟乙烯薄膜包裹,以防组分被其吸附。

(2) 恒温加热装置可采用集热式加热器,水浴或油浴需恒温。

(3) 使用 100 μL 微量注射器采集顶空气体前需预热(温度接近顶空平衡温度);进样时,要卡住微量注射器的针芯,以防进样口的压力导致针芯冲出。如采用 250 μL 微量注射器则不存在此问题。

六、思考题

(1) 影响顶空-气相色谱法的主要因素有哪些?

(2) 顶空-气相色谱法适用于什么样的样品分析?

附录　仪器操作规程

附录 A　752 型紫外-可见分光光度计操作规程

（1）检查仪器样品室内是否有东西挡在光路上。

（2）接通电源,打开开关(在仪器背面),仪器进入自检状态。自检结束后,显示器上显示"546 nm 100％",测量方式自动设在透光率方式上(％T),并自动调 100％和 0％T。

（3）按"FUNC"键选择所需光源,按"△"或"▽"波长设定键调好测定波长,仪器预热 20 min。

（4）仪器稳定后,将参比溶液和被测溶液分别倒入比色皿中,参比池放在比色皿架的第一个槽位,其余三个放样品池。比色皿光面置于光路中(若被测样品波长在 340～1 000 nm 范围内,则使用玻璃比色皿;若被测样品波长在 190～340 nm 范围内,则使用石英比色皿。比色皿的光面部分不能留有指印或溶液痕迹)。

（5）比色皿架的拉杆未拉出时,参比池被置于光路中。对参比溶液调透光率为 100.0％ (按"100％T"键),此时参比溶液吸光度为 0.000。

（6）比色皿架的拉杆拉出第一挡,此时是第一个槽位和第二个槽位之间的挡板置于光路中,显示屏上透光率应为 00.0％T(按"0％T"键)(使用者在不进行测量操作时,将挡板置于光路中,保护检测器)。

（7）测定样品吸光度时,方式设定选择"A",将样品置于光路中,显示屏即显示其 A 值。

（8）测定结束后,关闭开关,拔掉电源。将比色皿清洗干净,倒扣在吸水纸上。

（9）仪器归位,登记仪器使用情况。

附录 B　722 型紫外-可见分光光度计操作规程

（1）未接通电源前,对仪器的安全性进行检查,电源线接线应牢固,接地要良好,各个调节旋钮的起始位置应该正确。

（2）将灵敏度旋钮调至"1"挡(放大倍率最小)。

（3）开启电源,指示灯亮,选择开关置于"T",波长调至测试用波长,预热 20 min。

（4）打开试样室盖(光门自动关闭),调节"0"旋钮,使数字显示为"00.0",盖上试样室盖,将比色皿架置于蒸馏水校正位置,使光电管受光,调节透过率"100％"旋钮,使数字显示为"100.0"。

（5）如果显示不到"100.0",则可适当增加微电流放大器的倍率挡数,但尽可能置低倍率挡使用,这样仪器将有更高的稳定性。但改变倍率后必须按(4)重新校正"0"和"100％"。

（6）预热后,按(4)连续几次调整"0"和"100％",仪器即可进行测定工作。

（7）吸光度 A 的测量:按(4)调整仪器的"0"和"100％",将选择开关置于"A",调节吸光度调零旋钮,使得数字显示为".000",然后将被测样品移入光路,显示值即为被测样品的吸光度值。

（8）测定结束后，关闭开关，拔掉电源。将比色皿清洗干净，倒扣在吸水纸上。

（9）仪器归位，登记仪器使用情况。

附录 C UV-7504 型紫外-可见分光光度计操作规程

（1）取下仪器罩并折叠好，置于仪器旁。

（2）接通电源，打开开关（在仪器背面），仪器进入自检状态。

（3）按"设定"键选择所需辐射光源，确认；继续按"设定"键进入波长设定菜单，通过"↑"、"↓"键选择测定波长，确认。按"方式"键，进行 A/T 模式转换，测定样品吸光度时，方式设定设为"0.000 A"，将样品置于光路中时，显示屏上即显示其 A 值。

（4）仪器稳定后，将参比溶液和被测溶液分别倒入比色皿中，用吸水纸顺着一个方向擦比色皿的光面，保持清洁。比色皿光面置于光路中。

（5）通过拉动比色皿架的拉杆调整置于光路中的参比溶液或样品溶液，显示屏上的读数即为该溶液的透光率或吸光度。

（6）测定结束后，关闭开关，拔掉电源。将比色皿清洗干净，倒扣在吸水纸上。

（7）登记仪器使用情况，套上仪器罩。

注意：使用 UV-7504 型紫外-可见分光光度计时，先将空白溶液拉入光路，然后再改变波长，仪器会在改变波长后，自动调零。

附录 D UV-500 紫外-可见分光光度计操作规程

1. 开机

计算机→Vision32→主机→进入自检，初始化。

2. 关机

Vision32→主机→计算机。

3. 光谱扫描

Application→Scan→设置相关参数：两个比色池均放参比，Rommand→Baseline→Run…；换成将扫描样品→Run→显示扫描过程→保存。

4. 定量测定

标准曲线：Application→Qunat→设置…，浓度范围；Standard→两个比色池均放参比→Rommand→Zero；换成标样→Run…，Presentation→Display Equation…。

样品测定：换成样品→Run→

附录 E UV-2401 紫外-可见分光光度计操作规程

1. 开机

（1）打开主机电源、计算机电源。

（2）进入 Windows 桌面，双击"Shimadzu"，再双击"UV-2401"，即进入 UV-2401 操作屏

幕。仪器开始逐项自检,全部通过后,屏幕显示应用窗口。自检通过后有蜂鸣声提示。自检全部完成后,方可继续操作。在自检时,如各项检查均正常,界面在各项检查项后均显示为绿色图标;如存在故障,则该检查项后显示红色图标,此时应排除故障后,方能进行测定。

2. 光谱扫描操作

(1) 选择主菜单"Acquire Mode"下子菜单"Spectrum"项,选择主菜单"Configure"项下子菜单"Parameters"项,设置扫描参数:扫描速度,波长范围,测量方式,狭缝宽度,采样间隔。按"OK"完成参数设定,回到测定界面。

(2) 参比池和样品池均盛以空白溶液,置于样品室内,关上样品室门。

(3) 选择"Base Line",开始进行扫描,基线校正完毕后,样品池换上供试品溶液。

(4) 按"Start"开始扫描,扫描结束,出现文件名对话框,选择"Save"保存或"Discard"删除数据。如测多份样品,更换样品溶液后点击"Start"即可。

(5) 检测峰,选择"Manipulate"下"Peak Pick",选择"Output"下"Save Table"保存数据为文本文档。

(6) 将光谱图、文本文档(上述保存的文档)、测定参数等打印在一起。选择"Presentation"菜单下"plot",在 A、B、C、D 项后选择要打印内容及文件名,然后在 1、2、3、4 位置排好版,按"Print"即可。

3. 定量测定操作

(1) 选择"Acquire Mode"项下"Quantitative"项,设置定量测定参数:定量方法,波长,记录范围,狭缝宽度,重复次数,浓度范围。按"OK"完成参数设定,回到测定界面。

(2) 参比池和样品池均盛以空白溶液,置于样品室内,关上样品室门。选择"Auto Zero",仪器自动调零。

(3) 将标准品加入比色皿中,置于样品室内,选择"Standard",选择"Read",出现"Edit Standard"对话框,输入标准品溶液浓度,依次测定一系列标准品的浓度,建立工作曲线。

(4) 将样品加入比色皿中,置于样品室内,选择"Unknown",选择"Read",计算机自动计算出样品数据。

(5) 测定结束时,从"File"菜单中选择"Save as"输入文件名。

4. 关机

(1) 测定结束后,单击"Exit",退出主屏幕,关闭电源,清洗比色皿。

(2) 仪器归位,登记仪器使用情况。

附录 F　Nicolet IR-100 红外分光光度计操作规程

1. 压片

(1) 取 0.1～0.2 g KBr 于玻璃研钵中,在红外灯下研匀,并除去水分。

(2) 将 KBr 倒入模具中,装好模具,放上压片机,同时抽真空。

(3) 关闭放油阀:顺时针转动 1/4 圈。

(4) 压动加压杆,至压力表读数为 10～20 MPa,停留 2 min。

(5) 打开放油阀:逆时针转动 1/4 圈;注意不可将放油阀逆时针旋转过多。

(6) 取下模具,小心打开模具,可见一透明的 KBr 薄片,即可供扫描。

(7) 取样品粉末 1～2 mg、KBr 0.1～0.2 g,红外灯下研匀,从步骤(2)操作即可。

2. 光谱扫描

(1) 打开主机电源,预热 30 min。

(2) 打开电脑,双击"Encompass",进入操作界面。

(3) 首先进行空白扫描,在样品架上装上空白片,打开"Collect →Background"。

(4) 对样品片扫描:Collect →Sample。扫描结束存入样品名。

(5) 对已扫描的谱图进行分析:Analyze →Find Peaks(寻找峰,标出波数值)。

(6) 对扫描谱图进行处理:Process →Smooth(每点一次可使基线平滑)→Annotation(可把波数拖至任一位置)。

(7) 设置报告方法:Setup →Print Options→…。

(8) 打印报告:File →Print。

3. 关机

(1) 测定结束后,退出工作站,关闭电脑,关闭电源。用乙醇清洗模具。

(2) 仪器归位,登记仪器使用情况。

附录 G　GGX-9 原子吸收分光光度计操作规程

1. 开机

(1) 选择安装被测元素的空心阴极灯(HCL),打开主机电源,依据光斑位置,调整灯位置以保证光源正对喷射口正上方 4～6 mm 的位置。

(2) 打开电脑、工作站,出现"请打开主机电源"提示,按"确认",仪器自检,约 3 min 后出现"光零曲线",按"返回",软件回到主窗口。

2. 仪器参数设置

(1) 单击"工作条件最佳化",进入仪器参数设置界面。

(2) 单击"仪器条件"→"元素选择"→选择测定元素→按"确定"(仪器自动填入所测元素,选定检测波长)→选择工作方式(选择吸收)、光谱带宽、设置灯电流、负高压→按"确定"。

(3) 单击"自动波长",此时仪器自动寻找该元素能量最大的谱线,手动调节灯的位置,使能量最大为止。

(4) 参数及条件设置确认后,打开乙炔和助燃气,流量比 1∶5,用点火器点火。

(5) 单击"自动高压",在工作状态下再调灯能量到 100。

3. 分析条件设置

(1) 单击"分析条件"。

(2) 在"标准系列"中填入 1～n 个系列标准溶液的浓度值。

(3) 选择分析单位、测量方式(标准曲线)、积分时间(3.0)、信号处理。

4. 测试

(1) 单击"数据测量",进入测量界面。

(2) 空白溶液测试。将吸样管插入空白溶液中,单击"清零",待读数稳定或曲线平稳时单击"空白",置空白溶液吸光度为零。

(3) 标准溶液测试。将吸样管插入浓度最低的标准溶液中,待读数稳定或曲线平稳时,单击"标准"→单击"标样 1",依次测试标样 2,3,…。

（4）标准溶液测试完毕，单击"标准曲线"出现标线图，单击"曲线处理"出现标准品相关信息和回归方程。

（5）将吸样管插入样品溶液瓶中，待读数稳定或曲线平稳时，单击"样品"，仪器记录样品吸光度并根据标线计算出样品浓度值。

（6）单击"结果处理"→单击"测量结果打印"→打印报告；单击"仪器准备"→单击"测量结果存盘"，可将测量结果保存在建好的文件夹中。

5. 关机

（1）样品测量完毕，把吸样管插入去离子水中，冲洗雾化器。

（2）关闭乙炔和助燃气。关闭仪器电源。关闭工作站、计算机。

（3）关闭乙炔总阀门。

（4）仪器归位，登记仪器使用情况。

附录 H　SP2100 气相色谱仪操作规程

1. 仪器组成

（1）气源部分，包括氮气钢瓶，氢气源发生器，空气源发生器。

（2）气相主机，包括氢火焰离子化检测器（FID），热导检测器（TCD）。

（3）计算机及 C-21 色谱数据采集单位组成。

2. 采样操作步骤

（1）选择合适的色谱柱，一端安装于进样器，另一端安装于所用的检测器口。如使用热导检测器，必须同时装两根色谱柱。

（2）打开载气钢瓶的总阀及减压阀至 $0.4\sim0.5$ MPa，确定有载气流量后，打开气相主机电源开关。在面板上按"状态/设定"键进入设定参数界面，设定柱温（恒温、程序升温）、设定进样器温度，设定所选用的检测器温度。程序升温包括起始温度、起始时间、升温速率、结束温度、结束时间等。

（3）打开氢气发生器和空气发生器开关，平衡 10 min。按住气相主机上"点火"钮数秒钟即可。按"状态/设定"键切换到状态界面，可观察到信号显示及仪器各部件状态。

（4）打开电脑，双击 BF-2002 色谱工作站图标进入色谱工作站。

① 进入"设定方法"设置采集时间，设置采样通道（FID 检测器选 A 通道，TCD 检测器选 B 通道），进入"数据采集"，点击"开始采样"。

② 用微量注射器取样，注入样品，立即按 C-21 色谱数据采集单位的触发钮，即开始记录色谱图（如使用程序升温，必须再按主机面板上"Start"钮，触发程序升温）。采样结束弹出存储谱图对话框，命名保存色谱图。

③ 打开"谱图处理"进行积分编辑，并保存处理结果。

④ 打开"打印"菜单下，点击"打印"，即打印报告。

3. 关机

（1）实验结束关闭工作站，关闭氢气发生器和空气发生器开关。

（2）主机降温，在面板上按"状态/设定"键进入设定参数界面，设置柱温 30 ℃，进样器 40 ℃，检测器 40 ℃。等温度降到设定值后，关闭主机电源。

（3）关闭载气，仪器归位，填写使用记录。

附录 Ⅰ　HP-4890D 型气相色谱仪(FID)操作规程

1. 仪器组成

(1) 气源部分,包括氮气钢瓶、氢气源发生器、空气源发生器。

(2) 气相主机,包括氢火焰离子化检测器(FID)、电子捕获检测器(ECD)。

(3) 计算机及 WDL-95 色谱工作站。

2. 工作流程

3. 操作步骤

(1) 关闭空气发生器、氢气发生器后部的放气口,关闭主机面板上的空气和氢气开关。

(2) 打开载气总阀开关,调节出口阀压力为 0.4~0.5 MPa。

(3) 打开仪器电源开关,仪器通过自检。

(4) 打开空气发生器电源开关,待压力指针缓缓上升至工作压力(0.4 kPa)时,打开主机面板上的空气开关。

(5) 打开氢气发生器电源开关,待压力指针缓缓上升至工作压力(0.3 kPa),流量降至 0 时,打开主机面板上的氢气开关。

(6) 设置柱箱、进样器、检测器工作温度。

(7) 从主机面板输入:按"DET",输入"A",按"ON"(表示打开检测器 A,即打开 FID 检测器)。按"SIG2",输入"A",按"ENTER"(表示信号 2 显示 FID 检测器的信号)。此时按"SIG2",显示出"SIG2"数值,数值为 FID 检测器点火前的静态信号值。

(8) 点火:按"PRESS",同时观察静态信号值,如迅速增大,表明氢火焰已点着。

(9) 待信号值稳定后,即可进样。

(10) 打开 WDL-95 色谱工作站,进入主菜单,进入"方法设定",进入"当前方法",选择运行时间,量程。触发方式选择同步触发。

(11) 进入"数据采集",进入"开始进样",出现进样标记,将样品注入进样阀,即开始采样。运行时间结束后,自动出现对话框,键入文件名,确认后,文件即被保存。

(12) 打开主菜单,进入"谱图处理",调入谱图,用峰处理功能使色谱峰的积分更加合理,主要在设置积分参数和选择积分方法上,如积分线偏上,可将噪声门槛降低。打开"调入谱图",选择"存储谱图",即将已处理好的谱图存储到打印文件中。

(13) 打印,调入文件,打开"编辑",按需要编辑操作者、操作条件(顺左排齐)和样品名。打开"设定",打开"页设定",设定页边距。打开"打印",选择"打印"(即全打)。

4. 关机

(1) 实验结束关闭工作站,关闭氢气发生器和空气发生器开关。

(2) 主机降温,设置柱温 30 ℃,进样器 40 ℃,检测器 40 ℃。等温度降到设定值后,关闭主机电源。

(3) 关闭载气,仪器归位,填写使用记录。

附录 J 岛津 LC-10AD 型高效液相色谱仪操作规程

1. 仪器组成

本仪器由岛津 LC-10AD 泵、SPD-10A 检测器、HT-230A 柱温箱和 C-21 色谱数据采集单位及计算机组成,各部分均有电源插头。

2. 开机

依次打开泵、检测器、柱温箱、数据采集单位的电源开关,启动计算机进入 Windows 界面。

3. LC-10AD 泵参数设定

(1) 打开排液阀按"PURGE",进行吸入过滤器至泵的冲洗操作(也可用注射器在排液阀的管道处抽吸清洗)。

(2) 显示屏显示:

Flow/Press pressure p. max p. min
0.000   0   0   0

"Flow/Press"项下"0.000"闪动时,输入流量,逐次按"FUNC"跳到相应"p. max"、"p. min"项下,输入最高和最低保护压力后,按"ENTER",恢复初始状态按"CE"。

(3) 关闭排液阀。按"PUMP"启动泵,升流速:按一下"FUNC"键,再按"0.2",然后按"ENTER"确认,流速每次上升 0.2 mL/min,一般升到 1.0 mL/min。对色谱柱进行平衡,待"Pressure"项下压力显示稳定后,可开始分析测试操作。

4. SPD-10A 检测器参数设定

显示屏显示:

λ(nm) abs(AU) range(AUFS) lamp
254   0.000   1.0000   D

"λ(nm)"项下"254"闪动时输入所需的波长,按"ENTER",即替换好检测波长。

5. 数据采集

(1) 双击电脑桌面上的"HW 色谱工作站"(中文版)的图标进入工作站。

(2) 采样。设置好信号通道及采集时间,出现可采样信号(绿灯亮)时方可采样。用微量注射器取样,进样阀手柄置"LOAD"位置,将供试液注入进样阀,手柄转到"INJECT"位置注入样品,即开始自动记录色谱图。

(3) 保存图谱。到达采集设定时间采样终止,此时绿灯和黄灯同时亮。按文件菜单下的"另存"保存到硬盘,命名后按"保存"。图谱中定量结果可显示峰面积、峰高等。出峰完毕后如果没有设定自动停止,按"STOP"键,结束采集色谱数据。

(4) 进下一针前,先点击"新建"图标,绿灯亮,再从步骤(2)开始操作。

6. 关机操作

(1) 冲洗 全部测定完毕后,冲洗色谱柱(调节溶剂极性从大到小冲洗柱子)。

(2) 降流速 按"FUNC"键,再按数字键,最后按"ENTER"键,流速每次降 0.2 mL/min,柱压稳定后再降 0.2 mL/min,降到 0.0 mL/min 为止。

(3) 退出工作站,关闭电脑,关闭检测器。

(4) 填写使用记录。

附录 K　Waters 515 高效液相色谱仪操作规程

1. 仪器组成

系统由 515 泵、2487 检测器、柱温箱及 Empower 色谱管理软件组成。

2. 开机

依次打开计算机、泵、检测器、电源开关,仪器通过自检后,进入 Empower 色谱管理系统。

3. 泵的操作

(1) 检查验证 515 泵的电路及流路连接正确无误,将吸液头插入已经过滤和脱气处理的流动相中。

(2) 将泵左侧面板的电源打开,泵通过自检后,液晶显示屏显示"READY"状态。

(3) 进行排气操作,放开排液阀(逆进针方向),用注射器抽气,直至液体流出,关闭排液阀。

(4) 按"MODE"至流速显示,按"△"或"▽"设置流速。设置冲洗流速 0.2 mL/min,按"RUN/STOP"键,泵开始输液,液晶显示屏显示"RUN"状态。观察泵出口流液应连续无气泡。或用外接 Empower 色谱管理软件调控。

4. 检测器操作

(1) 检查验证 2487 检测器的电路和流路连接正确无误。

(2) 打开检测器电源开关,检测器通过自检后,显示出吸光度主屏幕。

(3) 在面板上选择检测方式:单波长或双波长。或用外接 Empower 色谱管理软件调控。

5. Empower 色谱管理软件操作

(1) 启动计算机,打开显示器电源开关;打开 Empower 色谱管理软件。

(2) 采集数据　①设置泵参数(工作流速,流动相比例,高压限和低压限);②设置检测器参数(检测波长(nm);灵敏度(AUFS),常用 2.0);③命名样品名,设置采集时间,进样体积,按进样按钮"INJECT",等软件状态栏出现"等待进样"时用微量注射器取样,进样阀手柄置"LOAD"位置,将供试液注入进样阀,手柄转到"INJECT"位置注入样品,即开始自动记录色谱图。

(3) 建立数据处理方法　选择最窄的峰确定峰宽;选择一段基线确定积分域值;选择处理区间;指定最小峰面积和最小峰高。

(4) 选择定量方式　在收集通道"channels"中选择已登录的标准品和样品,按处理"process"按钮;在结果"result"中可得到标准曲线和计算结果。

(5) 打印报告　在结果列表"result"中,选中所打印数据,右击选择"print"弹出"reporting"对话框,选择打印机和打印方法,点击"OK"即可。

6. 关机操作

(1) 冲洗　全部测定完毕后,冲洗色谱柱和管路(调节溶剂极性从大到小冲洗柱子)。

(2) 降流速　用 515 面板功能(按"MODE"至流速显示,按"△"或"▽"设置流速)或用外接 Empower 色谱管理软件调控,流速每次降 0.2 mL/min,柱压稳定后再降 0.2 mL/min,降到 0.0 mL/min 为止。

（3）退出工作站，关闭工作站后关闭计算机，关闭各部件电源。

（4）填写使用记录。

附录 L　Agilent 1100 高效液相色谱仪操作规程

1. 仪器组成

Agilent 1100 高效液相色谱系统主要由工作站、在线脱气机、输液泵、自动进样器、柱温箱和检测器等部件组成。各部分的操作及数据处理均由工作站计算机控制完成，其操作系统为 Windows 2000。

2. 开机操作

（1）接通电源，打开计算机及工作站其他各部件开关，约 30 s 后，各部件预热完毕，进入待机状态，指示灯为黄色或无色。

（2）打开 HP ChemStations，进入 Instrument 1 online 状态，约 30 s 后，计算机进入工作站的操作页面。该页面主要组成如下：

① 最上方为命令栏，依次为 File，Run Control，Instrument 等；

② 命令栏下方为快捷操作图标，如多个样品连续进行分析、单个样品进样分析、调用文件、保存文件等；

③ 左边为样品信息栏；

④ 中部为工作站各部件的工作流程示意图，依次为进样器→输液泵→柱温箱→检测器→数据处理→报告；

⑤ 中下部为动态监测信号；

⑥ 右下部为色谱工作参数：进样体积、流速、分析停止时间、流动相比例、柱温、检测波长等。

3. 色谱条件的设定方法

（1）直接设定　在操作页面的右下部——色谱工作参数中设定。将鼠标移至要设定的参数如进样体积、流速、分析时间、流动相比例、柱温、检测波长等，单击一下，即可显示该参数的设置页面，键入设定值后，单击"OK"，即完成。

（2）调用已设置好的文件　在命令栏"Method"下，选择"Load Method"，或直接单击快捷操作的"Load Method"图标，选定文件名，单击"OK"，此时，工作站即调用所选用文件中设定的参数。如欲修改，可在色谱工作站参数中作修改；也可以在命令栏"Method"下，选择"Edit Entire Method"，随后工作站即按顺序出现一系列参数设置页面，在每个页面中键入设定值，单击"OK"，即完成。

（3）编辑新文件　先在命令栏"Method"下，选择"New Method"，然后再在命令栏"Method"下，选择"Edit Entire Method"，在每个参数设置页面下键入设定值，完成后，在命令栏"Method"下，选择"Save Method"，给新文件命名，单击"OK"，即完成。

4. 仪器的运行

当色谱参数设置完成后，单击工作站流程图右下角的"On"，仪器开始运行。此时，画面颜色由灰色转变成黄色或绿色，当各部件都达到所设参数时，画面均变为绿色，左上角红色的"Not Ready"变为"Ready"，表明可以进行分析（此时如果要终止仪器的运行，可单击流程图右下角的"Off",再单击"Yes",关闭输液泵、柱温箱和检测器氘灯)。

5. 进样分析

(1) 单个样品进行分析　在命令栏"Run Control"下,选择"Sample Info..."或单击快捷操作的"一个小瓶"图标,然后单击样品信息栏内的小瓶,选择"Sample Info...",即打开了样品信息页面,可输入操作者(operator name)、数据存储通道(subdirectory)、进样瓶号(vial)、样品名(sample name)等信息,单击"OK",待进样分析。

(2) 多个样品连续进行分析　单击快捷操作的三个小瓶图标,然后单击样品信息栏内的样品盘,选择"Sequence Table",即进入连续进样序列表的编辑,可输入进样瓶号、样品名、进样次数、进样体积等信息,单击"OK",待进样分析。

(3) 单击样品信息栏上方绿色的"Start",自动进样器即按照(1)或(2)设置的程序进行分析。如欲终止分析,可单击样品信息栏上方红色的"Stop",否则,仪器将运行至色谱参数设置中所设定的分析停止时间才结束分析。

6. 数据处理

在命令栏"View"下,选择"Data Analysis",进入数据处理界面。该界面最上方为命令栏,依次为 File,Graphics,Integration 等。命令栏下为快捷操作图标,如积分、校正、色谱图、单一色谱图调用、多色谱图调用、调用方法、保存方法等。

(1) 调用色谱图　在命令栏"File"下,选择"Load Signal"或单击快捷操作的"单一色谱图调用"图标,选择色谱图文件名,单击"OK",界面中即出现所调用的色谱图。

(2) 积分　先调用所要分析的色谱图,在命令栏"Integration"下,选择"Integrate"或单击快捷操作的"积分"图标,此时仪器按内置的积分参数给出积分结果。如欲对其中某些参数进行修改,可在命令栏"Integration"下,选择"Integrate Events"或单击快捷操作的"编辑/设定积分表"图标,此时,在屏幕下方左侧出现积分参数表,右侧为积分结果,在积分参数表中按实际的要求输入修改的参数,如斜率、峰宽、最小面积、最低峰高等。在命令栏"Integration"下,选择"Integrate"或单击快捷操作的"对现有色谱图积分"图标,仪器即按照新设定的积分参数重新积分,完成后,单击积分参数表中"取消积分参数表"的快捷图标,保存所作的参数修改,单击"OK",即可退出。

(3) 校正　如果需要进行标准曲线制作,可按此项进行操作。先调用第一色谱图,在命令栏"Calibration"下,选择"New Calibration Table"或单击快捷操作左边的"校正"(为天平画面)图标,再单击快捷操作画面右侧的"新校正表"("Calibration"下第一个天平画面)图标。在此时出现的页面上,选择"Automatic Setup Level",并设校正数为"1",单击"OK",在画面的下方左侧出现校正表,右侧为校正图。然后选择快捷操作的"校正表选项"(右下角带叉的天平画面)图标,根据实际要求设计校正表的各栏参数,单击"OK",即可完成。在画面左下侧的校正表中选择所要的色谱峰,并输入校正级数和样品浓度,如果采用内标法,需对内标进行标记。调用第二色谱图,在命令栏"Calibration"下,选择"Add Level",设为"2",单击"OK",在画面左下侧的校正表中输入校正级数和样品浓度。调用第三色谱图,重复上述操作,逐级增加校正级数,至校正数据调用完毕(如需对校正表中的某些数据进行重新修正,可调用新的图谱,在命令栏"Calibration"下,选择"Recalibration",并在校正表中输入校正级数,样品浓度)。此时,校正表右侧自动绘制各组分的标准曲线,并进行线性回归。单击校正表中的"Print",可进行打印。

7. 分析报告的打印

在命令栏"Report"下,选择"Specify Report"或单击最右侧快捷操作的"定义报告及打印格式"(右下角带叉的报告画面)图标,根据实际要求选择报告的格式和输入形式等,单击"OK"即可完成。例如,可在"Destination"项下选择"Screen";在"Quantitative Result"项下,对"Calculate"选"Percent",对"Based on"选"Area",对"Sorted by"选"Signal";在"Style"项下,对"Report Style"选"Short",再依次选择"Sample info on each page"、"Add chromatogram output"。然后,选择快捷操作的"报告预览"图标,可预览报告的全貌,单击"Print",即可进行报告的打印。最后,单击"Close"退出此操作界面。

8. 关机

(1) 在命令栏"View"下,选择"Method and Run Control",回到主控制页面,在命令栏"File"下,选择"Exit",单击"Yes"关闭"Instrument 1 online",再单击"Yes",关闭输液泵、柱温箱及检测器氘灯。

(2) 在化学工作站页面上,在"File"下选"Close",退出"Chem Stations"。

(3) 关闭计算机及所有工作站各部件电源开关,做好使用登记。

参 考 文 献

[1] 华中师范大学,陕西师范大学,东北师范大学,等. 分析化学实验[M]. 2 版. 北京:高等教育出版社,1986.

[2] 华中师范大学,陕西师范大学,东北师范大学,等. 分析化学实验[M]. 3 版. 北京:高等教育出版社,2001.

[3] 张广强,黄世德. 分析化学实验[M]. 北京:学苑出版社,2001.

[4] 浙江大学,华东理工大学,四川大学. 新编大学化学实验[M]. 北京:高等教育出版社,2002.

[5] 单尚,倪哲明,等. 现代大学化学实验[M]. 北京:中国商业出版社,2002.

[6] 徐家宁,门瑞芝,张寒琦. 基础化学实验 上册:无机化学和化学分析实验(上)[M]. 北京:高等教育出版社,2006.

[7] 李发美. 分析化学[M]. 6 版. 北京:人民卫生出版社,2007.

[8] 武汉大学. 分析化学实验[M]. 4 版. 北京:高等教育出版社,2000.

[9] 王冬梅. 分析化学实验[M]. 武汉:华中科技大学出版社,2007.

[10] 孙毓庆. 分析化学[M]. 2 版. 北京:人民卫生出版社,2007.

[11] 张广强,黄世德. 分析化学(上、下)[M]. 北京:学苑出版社,2001.

[12] 曾元儿,张凌. 分析化学[M]. 北京:科学出版社,2008.

[13] 张凌,曾元儿. 仪器分析[M]. 北京:科学出版社,2008.

[14] 曹雨诞,张丽. 分析化学实验[M]. 南京中医药大学自编,2002.

[15] 北京中医药大学. 化学定量分析实验[M]. 北京中医药大学自编,2007.

[16] 黄建梅,曹枫. 仪器分析实验讲义[M]. 北京中医药大学自编,2007.

[17] 成都科技大学,浙江大学. 分析化学实验[M]. 2 版. 北京:高等教育出版社,1989.

[18] 黄桂林. 中医药基础化学实验[M]. 北京:中国协和医科大学出版社,2000.

[19] 王新宏. 分析化学实验[M]. 北京:科学出版社,2009.

[20] 王亦军,李月云,张欲辉. 分析化学实验[M]. 北京:化学工业出版社,2009.